写给大自然的情书 · 荒野游踪

自然四记

徐仁修 撰文·摄影

图书在版编目（CIP）数据

自然四记 / 徐仁修撰文、摄影. —北京：北京大学出版社，2014.7
（徐仁修荒野游踪·写给大自然的情书）
ISBN 978-7-301-24162-2

Ⅰ. ①自⋯ Ⅱ. ①徐⋯ Ⅲ. ①随笔—作品集—中国—当代 Ⅳ. ①I267.1

中国版本图书馆CIP数据核字（2014）第081400号

书　　　　名：	自然四记
著作责任者：	徐仁修　撰文·摄影
丛 书 策 划：	周雁翎　周志刚
责 任 编 辑：	邹艳霞
标 准 书 号：	ISBN 978-7-301-24162-2/I·2755
出 版 发 行：	北京大学出版社
地　　　　址：	北京市海淀区成府路205号　100871
网　　　　站：	http://www.pup.cn　新浪官方微博：@北京大学出版社
电子信箱：	zyl@pup.pku.edu.cn
电　　　　话：	邮购部 62752015　发行部 62750672
	编辑部 62753056　出版部 62754962
印　　刷　　者：	北京中科印刷有限公司
经　　销　　者：	新华书店
	650毫米×980毫米　16开本　10.5印张　122千字
	2014年7月第1版　2014年7月第1次印刷
定　　　　价：	39.00元

未经许可，不得以任何方式复制或抄袭本书之部分或全部内容。
版权所有，侵权必究
举报电话：010-62752024　　电子信箱：fd@pup.pku.edu.cn

目 录

总 序/1
不顾一切地朝建设"经济奇迹"的目标努力后,人们口袋里的钞票不断地增加,同时,我们环境的污染指数也不断增高,而大自然里的生物却快速地减少。

缘 起/3
喜爱大自然是人类的天性,但也必须"爱之有道",才不致"爱之适足以害之",所以人人必须了解自然,并学习与自然相处之道。这本书里记下了许多我与大自然相处的经验,以及我在大自然里的沉思。

春意盎然/5

春天的日记/6
这是二月的最后一天,前两日略带暖和的春风,把万物吹得蠢蠢欲动,有些急性子的,有些敏感的,早在风中才有那么一丁点暖意时,偷偷跑了。

春野/28
这小小的一块人类放弃的田地,只不过半年,大自然就让它开满了野花,这些花要比公园里的花更野更富生命力,所以也更得我尊敬。

夏日炎炎/37

初夏记趣/38
气温与湿度不断地攀升,空气中满含着一种即将发生变化的味道,就像一坛正要发酵的果汁,虽然表面看不出有任何动静,但敏感的鼻子已可嗅到它的气味了。

目录 CONTENTS

诸神的花园 / 58
每朵浸满月光的野百合,好像同声唱着颂赞的曲子。正是上帝率天使、诸神游园赏花的时刻,而我,只是一个无意间闯入神山的凡人。

秋风萧萧 /79

与鹰有约 / 80
原本零星起飞的赤腹鹰,这时好似突然得到了信号,纷纷冲天飞起,就像蜂炮阵朝天乱射一般,令人目不暇接。

高地秋游 / 102
一棵棵变黄、变红、变赤的青枫、枫香、红榨槭,好像刚换上彩衣新装的少女,在大山的伸展台上,随着阵阵秋风,举行一场大地的服装秀。

冬雪漫漫 /129

雪季之旅 / 130
多多少人远赴北美赏枫,多少人千里迢迢到北海道赏雪,但他们却没有见过台湾红榨槭的美,也错过了最珍贵的乡土之雪、台湾之雪……

淡水河探源 / 147
在厚雪的冷杉林中摸索着,一寸一寸地挺进。中午时分终于抵达了从品田山泻下的山涧。这里的瀑布现在冻成了美丽的冰瀑,也是淡水河的另一源头。

　　自一九七五年以来,台湾不顾一切地朝建设"经济奇迹"的目标努力后,人们口袋里花花绿绿的钞票不断地增加,同时,我们环境的污染指数也不断增高,而大自然里的生物却快速地减少,萤火虫消失了,泥鳅、蛤蜊、青蛙……不见了,小溪岸、河堤、沟渠、田埂……大都铺上了坚硬、粗暴、丑陋的水泥,美丽、生动的大自然渐离我们而远去,孩子们也越来越少有机会去接近自然、向自然学习,也无法从自然那里得到启示、快乐、感动,儿童最珍贵的想象力也难以得到大自然的滋润,正如一位小朋友说的:"台湾的虎姑婆移民去了,因为大人把大树砍光,虎姑婆没有森林可以藏身了……"

　　为了保留台湾大自然的一线生机,二十年来,我经常上山下海,以纸笔、相机来记录美丽丰饶的宝岛。为了让儿童有机会与能力接触大自然,我也花好多时间去为孩子们演讲,并带领他们到荒野自然去进行观察与体验。我发现这种播种与扎根的工作是真正保护台湾大自然生机的最佳办法,而且效果显著,这些孩子都懂得从一个更宏观、更长远的眼光来反省生活与面对自然。

　　过去我与许多人曾以环保运动来抵抗那些制造污染、破坏大

地的大企业,其结果就像遇见了希腊神话中的九头妖龙——你砍去一个龙头,它会再长出两个头来一样,不但没完没了,还会被套上"环保流氓"的大帽子而难以脱身。但是,这些曾深入荒野、受过大自然感动与启示的孩子,在长大之后,若是成为政府决策官员,他们不会为虎作伥;若是成为企业家,他们早就明白,"违反自然生态的投资"对整个地球、人类而言,是极为亏本、得不偿失的投资。

为了台湾的自然生机,为了孩子们,我在一九九五年创立了荒野保护协会,旨在汇聚更多理念相同,真正爱大自然、爱台湾、爱孩子的有心人士,一起来推动这个观念。此外,我也通过远流出版公司,出版我这二十年来在台湾山野所做的自然观察与体验,一方面为记录,一方面是我与大自然相处的经验传承,更是我在自然深处的沉思与反省。*

如果你阅读这一系列"徐仁修的自然观察与体验"而感到有些心动,请与荒野保护协会联系,你很可能就是那些将影响台湾未来的"荒野讲师"或"荒野解说员"。

---

* 徐仁修先生曾在台湾地区的远流出版公司陆续推出以"徐仁修的自然观察与体验"为主旨的系列图书,它们包括:《猿吼季风林》《自然四记》《仲夏夜探秘》《思源垭口岁时记》《荒野有歌》《动物记事》。这篇总序正是为这些书而写的。

缘起

　　这本书虽然是小书，阅来却轻松有趣。凡是有心有灵性的人，必会体悟到更深层又严肃的意义。每一帧照片、每一个故事、每一段经验、每一句领悟，无不是心血与岁月的累积。路确实走得辛苦，但大自然所回馈给我的，却千百倍于我的付出；从大自然中我欣赏到太多令我震撼的壮丽景观，多次体验到生命的奥妙，以及心灵不可言喻的喜悦，因而深深觉得人生充实而无憾。

　　这许多年来，我在台湾各个"国家公园"进进出出，察觉到"国家公园"的重要与责任重大，因为总有许多短视又自私的人在一旁虎视眈眈，等待机会对"国家公园"里的自然资源——矿藏、林木、野生动物、水力甚至美景加以鲸吞蚕食，而过多游客所造成的游憩压力，也随着现代生活的日益紧张而使"国家公园"越来越沉重不堪。这使得原本以保护自然生态为主要职责的"国家公园"管理处，有不得不逐渐偏重游憩的趋势，这虽然是情势所逼，但毕竟不利于"国家公园"的恒存。因此，我很用心地写作这本小书，期望读过这本书的人，到"国家公园"游赏时，在心态行为上有别于在一般森林游乐区，而不至于对

"国家公园"造成破坏。

　　喜爱大自然是人类的天性,但也必须"爱之有道",才不致"爱之适足以害之",所以人人必须了解自然,并学习与自然相处之道。这本书里记下了许多我与大自然相处的经验,以及我在大自然里的沉思。

春意盎然

春天的日记 / 春野

春天的日记

这是二月的最后一天,前两日略带暖和的春风,把万物吹得蠢蠢欲动,有些急性子的,有些敏感的,早在风中才有那么一丁点暖意时,偷偷跑了。

春天的日记

这是二月的最后一天，前两日略带暖和的春风，把万物吹得蠢蠢欲动，有些急性子的，有些敏感的，早在风中才有那么一丁点暖意时，偷偷跑了。

我昨夜就计划好，要对云海小学后面的山坡做白天与晚上的自然观察。这片山坡有很多特色。这里原本是一片高大的松树林，树龄至少在三十年以上，当然是当年把原始的树林砍了再改种松树。毕竟松树林比较整齐划一，很符合当时教育所需要达到的目标之一；松树也是中国山水画的主角之一，所以松树林亦符合中国美学的要求。松树也很争气，在这海拔五百米的山坡上，长得郁郁苍苍，枝干优雅。但，不幸在十几年前，松柴线虫从日本传入台湾地区，几乎所有外来种的松树全遭了殃，正巧这片山坡的松树是外来的湿地松，结果在八九年前，全枯死了。虽然学校的课本上依然在强调"人定胜天"，却忘了附加一个先决条件——不可违反自然生态法则。

松树林枯死后，这片山坡又交还给大自然去经营了，各种小树、藤蔓、灌木、禾草、羊齿纷纷在这里成家立业，这片地回归到最先的初级演递阶段。到了今天，这片山坡已经被各种植物长

云海小学位于北宜公路上,距新店约10公里,海拔500米,学生人数只有二十余人。因地形、位置易受东北季风的影响,雨多雾多,常在校前的山谷形成云海奇观。

得密不透风，大型的蕨类、芒草、小乔木、藤本植物是主角。我想在这二月早春，进入这片新天地看看。

气象预报今天会变天，有一道冷锋正快速地接近，但现在仍春阳普照，阳光洒在许多嫩叶上，显得春意盎然，仿佛间可以听到它们在歌唱，在欢呼，在庆祝，正如树梢上成群的红嘴黑鹎、绣眼画眉、五色鸟，以及在林荫下拼命鸣叫的竹鸡，似乎所有的生物都被这两天的温暖弄得有些春心荡漾，举止也都变得有些失常。

背起了摄影器材，提了一把开山刀，在头上两只边叫边盘旋的大冠鹫的相迎下，我钻进两三米高的五节芒丛生的坡地，经过一番挤、闪、砍，终于通过有如蔗园一般的高草地，进入笔筒树、观音座莲以及乌毛蕨的地盘。这里有几棵只剩大枝与主干的枯松，间长出几株小硬木姜子、水金京以及鼠刺等小乔木，还有一株正伸展新叶的广东葡萄，横陈在枯枝间。

突然，在一棵观音座莲巨大的叶片下，两束亮丽的金色兰花远远地就吸住了我的目光。这是黄苞根节兰，这两株算是晚开的，我在一月时，在乌来的森林就看见它们已经绽放了。这里海拔较高，又迎着东北季风，所以也就开晚了些。这种兰花的叶片长而大，我看过叶片超过一米长的，叶片大，在树林下比较能抢到多一点的阳光，而金黄色的花朵在深荫中也较为出色。

越往上，坡越陡，土壤也越浇薄贫瘠，这里反是芒萁安身立命的好地方，因为大多数植被都不如芒萁那样耐旱、耐贫瘠，选在这样近乎恶劣的地方生长较少竞争对手。

现在芒萁已把新的枝茎举到最高，正准备舒展新叶。一根根向上擎举的锈红色枝茎，有秩序地排列着，拼成了一组现代艺术作品。

也有些生命力强的树种灌木，在芒箕间挤到一个狭窄的位置，我认得的有山胡椒、山桂花、野牡丹、大头茶，这些木本植物疏疏落落散布其间，但迟早它们会成为优势植被。现在一人来高的山胡椒开着一树小花，山桂花也初开出洁白素雅的小小花朵，其上蚂蚁正忙着吸蜜。

越过芒箕坡，山岭就到了，这里各种大小树木杂陈，岭脊的另一面山坡则是密密的原生林，所以岭脊就是各种植物争地的林缘。其实整片山坡都是它们的竞技场，只是林缘的竞争特别激烈。

我站在岭脊上回头望我走过的这片山坡，松树有的倒了，有的只剩树干，但许多小乔木、笔筒树正奋力生长着，新的森林已隐然成型，这使我想起去年"立法委员"赵永清召开的听证会：如何处理翡翠水库集水区的大量松树枯木。当时以"林务局"为首的林业官员主张把枯木砍伐运走，再重新造林。

我则持相反的意见，我写了一篇短文说帖给赵"立委"：

"森林中的枯木一如其他的活木，是森林的组成分子之一，是五色鸟打洞营巢下蛋的洞房，是许多甲虫产卵、成长的场所，也是众多野蕈生长的地方。而经由各种生物的作用，枯木逐渐腐败分解，其中的有机质重新进入大自然能源循环系统，再为其他树木吸收，森林才得以继续丰美，所以枯木不是废物也不是垃圾，它是自然生态体系中的重要分子，所以我们反对将枯木自森林中移走，那将使森林的养分减少，并使许多生物失去家园。

"松柴线虫病的大流行肇因于台湾人不当地引进外来物种，这些人为的灾祸还是交给大自然去处理较为妥当，免得再犯'为了解决小问题而衍生更大的问题'。

"这些松树原本也不会产生什么好处，松树的落叶及根

湿地松受松柴线虫侵袭而全数枯死，其他的树种立刻进入取代，虽然仅仅数年，但新的森林已俨然成型。

芒箕的新叶卷曲着，好像它们握着有力的拳头，斩钉截铁地展示它们强韧的生命力。

广东葡萄抽长出嫩红的新叶,这是它向人宣告春天来到的方式。

黄苞根节兰在阴暗的林下，绽放着亮丽的花朵，让人远远就看见它的存在。

叶片奇大、花色金黄的黄苞根节兰。

山胡椒尽情地开着,散发着淡淡的幽香。

所分泌的化学物质会抑制其他草木的生长，不但不利于水土保持、水分涵养，而且极易引起火灾，是故日本就有专家用'松树亡国论'来反对种植松树。现在北台湾许多松树既然死了，就由大自然自己决定以何种树种来取代，千万不要再庸人自扰，越帮越忙。

"保护森林的最好方法，就是不要去干扰它，毕竟台湾的人造林并不成功，而最美的森林还是大自然经营的原始森林。只要人不去干扰、破坏，大自然可以在最短的时间里将有缺陷的森林修补完好，这不但省时省力也省钱。"

如果以"林务局"的方式，那么这些地方还要被多蹂躏两次：一次是必须开很多马路来运枯木，第二次是去种树时，要除草要挖洞。至于其他的损失就更不在话下了。

我把视线从山坡下的枯木收回并转到原生林来，这片森林受东北季风的吹袭而长得不高，但却相当密，林中一片深邃幽暗。在离我不远的岭脊下，一簇双扇蕨正展着新叶，在阳光下泛着嫩绿油亮的色泽，令我忍不住趋前去轻轻触摸与赞叹。旁边一丛附生在岩石上的山苏，它那初长成的大叶片正被阳光穿透，细细的脉纹如缕如刻，一只椿象在叶面晒着春阳，而把影子留在翠缘的叶片上。我想，春天正用各种大大小小的迹象，来考验我对大自然的观察能力。

偶尔翩飞而过的黄蝶，以及被我惊起而跳窜的蚱蜢，是此时最跃动的生命。

突然，有一种小小却颇不寻常的翠绿出现在我眼光流转之间。这是我多年的自然观察经验所培养来的直觉，虽然一晃而过，但我知道，那翠绿不是等闲东西。我开始细细回眼找寻，终于，我看见是一条赤尾青竹丝曲伏在一根被春阳照暖的树干上。

我轻轻走过去，靠得近近地去拍它，但它一动不动地不予理会，继续伪装成青色藤蔓，在那里行日光浴，虽然，我很诚恳地问它，为何这么早就从冬眠中苏醒，还是它根本没睡？

这位年轻、穿着华丽的小姐，连舌信也不肯吐露一下，冷淡得已近乎没有礼貌。幸好，我是有教养的绅士，摸摸鼻子，别它而去。要是它遇上一个没有知识，也没有欣赏能力，又没有慈悲心的人，必定会被乱棒打死。

我沿着草木争长的岭线，困难地左挤右钻，刚前进不到几尺，右前方的森林底下几串盛开着小花的花束，从矮灌木、蕨、杂草所构成的约两尺高的草木层上高高举起，随着和风轻轻摇晃，偶尔穿过树梢的阳光洒落在花上，衬着幽深的林木，分外引入注目。

我很快地被它吸引过去。这是一种属于鹤顶兰属的兰花，中文名字叫黄雀兰，或叫绿花肖头蕊兰，学名叫Cephalantheropsis Gracilis Hu，种名Gracilis，是婀娜多姿、细致而有风韵之意，非常符合此时我看到它的感觉。

在我记忆中，这种花朵多、花茎长的兰花大多在十二月、一月就开了，这几株到底是迟到呢，还是殿后的？但这几丛开出的花比我以前所见的都要美、都要多，也许因晚开，所累积的能量也就特别多。

由于太专注，也由于花太多时间在拍照上，竟不觉饥饿，直到我觉得有些累而坐下来，才感到饥肠辘辘。拿出饭团时，才发现已经午后两点半了，坐在长满苔藓的岩石上，慢慢品尝糯米饭团，滋味无限。饭后靠着石边的树干，在温煦的春阳下竟然睡着了……

睡梦间，突然被一阵寒冷的山风吹醒，睁开眼，发现光线暗

左页图　枯木是众多野蕈生长的地方,蕈子分解枯木,使它的有机质可以重新进入大自然能源循环里,再为其他的草木所吸收。这样,森林才得以继续丰美茂盛。

上图　枯木也是许多甲虫产卵、成长的场所,锹形虫正是森林里常见的甲虫之一。

右图　雌的赤尾青竹丝在树干上行日光浴,不知道它是早醒还是没有冬眠。

椿象用剪影来检验自然观察者对昆虫熟悉的程度。

绿花肖头蕊兰，学名为 Cephalantheropsis Gracilis Hu，而"gracilis"是婀娜多姿、细致而有风韵之意。它分布在台湾中低海拔的森林里，数量不多。

在雾中，一张张蜘蛛网呈现，不但神秘，也美极了。

了下来，太阳早被厚云遮住，雾也自森林中涌了出来，景色完全变了，气温急速地下降，我套上我的薄风衣。

雾并不浓，涌来一阵又消失。过了片刻，又涌来一阵，并在学校前面形成激荡的云浪。我由此而明白了这座小学为什么被取名为"云海"了。

虽然湿冷的雾使鸟声寂静，使昆虫躲藏，却让那些在晴天不易看见的蜘蛛网现形了——雾气在蜘蛛网上凝结了无数的小水珠，会让人以为这些蜘蛛网原本就是由水珠串成的。

我看着一张张小蜘蛛网在枯枝间呈现，实在美妙极了，而这些在先前的春阳下，我完全不曾察觉。我因而顿悟：大自然无论何时何地，都有它不同的大美，只是我们人类眼光有限，又有太多先入为主的偏见。

暮色早降，春寒料峭，下山途中，看见一只黄蝶在草叶下静静地春眠。这使我想起一月初我带荒野保护协会的解说员来此做夜间观察时，我看见在一株马六甲合欢树上，有无数的黄蝶在寒冷的夜晚中羽化。当时解说员问我：这些黄蝶为何选在冬夜羽化？我并不确切知道理由，只能推测冬末的夜晚天敌最少，而离春天也不远了。羽化通常是它们最脆弱最危险的时刻。

当我循着原路回转而经过芒草区时，我的探照灯照见一对螽斯正慢慢地接近，雌螽斯乍见亮光，立刻躲入叶背，而雄螽斯露着它的精包呆立在原处。我拍了一张照片，立刻移开灯光，打扰它们的谈情说爱，令我深觉歉疚，我虔诚地祝福它们一切顺利、快乐。我想，在这春寒之夜入洞房，比较不会有恶客胡闹。

下了山坡，学校的运动场也到了，我听见许多莫氏树蛙在场边的水沟中鸣叫。我知道，这是它们最后一批新人的结婚，到了三月，除了极少数迟到的，大概只能见到沟中蝌蚪游动。一月我们来夜间观察时,正是它们产卵的高峰。它们大多把卵产在沟壁厚厚的青苔里,所以不易发现,当然,我对它们非常熟悉,轻易地就找到了。就这样,一天的自然观察在渐寒冻的夜晚,在黄嘴角鸮的鸣哨声中结束了。

附 记

那片富饶生态野趣的山坡在一九九七年春天被校长雇工清除一空,一条大路直通山顶,并在三月十二日请"县长"、"教育局局长"在那里植树,运动场边的水沟青苔也被刮除,而运动场另一边两栖爬虫最丰富的小泽,现在四周野草全被清除,一边铺上一条一米余宽的石子路。是的,学校看来变得整齐干净了,但自然生态贫瘠了,我也从此放弃在那里做自然观察,当年在那里主持田野教室户外教学的学者也从此不得不放弃了该计划,而实际参与工作的该校主任张培正也被迫转校。这是学校教育的悲哀,一个校长的观念竟影响如此之巨,正如同去年新北市三峡区的有木小学,新校长竟能逼走全校百分之九十的老师,其中不乏任职十年以上的老师,包括著名的女作家凌拂,而今年(一九九七年)该校的新老师又都请调他校。您说,教育能不改革吗?

黄蝶静静地停在草叶底下准备过夜。

准备好要交尾的雄螽斯,精包正外露。

马六甲合欢树上的黄蝶在寒冷的冬夜里悄悄地羽化。

莫氏树蛙在沟壁厚厚的青苔下产卵。

除去野草，砌上石子路，原本自然生态极为丰富的沼泽，现在变成小公园的池子。把无价之宝的自然教室，整治成许多没有美感的人眼中的公园，真的是得不偿失。

春 野

这小小的一块人类放弃的田地,只不过半年,大自然就让它开满了野花,这些花要比公园里的花更野更富生命力,所以也更得我尊敬。

春 野

在距离立雾溪出海口不过几百米的地方，有一片约莫三分的野地，这原本是太鲁阁泰雅族人的旱地，他们曾在这里收获过小米、地瓜、甘蔗、花生等。

由于台湾经济结构的改变，勤劳的太鲁阁族人也终于不得不在去年秋天放弃了种植，把土地交还上帝，从此由大自然来经营这块地。

从去年春天以来，我曾好几次打这块地边走过，它从未引起我的注意。今年三月底，我为了拍摄中国石龙子，再度经过这里，它却令我惊艳。我完全不敢相信，这就是我印象中的废耕地。那片不起眼的旱地，现在竟然被各色各样的野花铺满，高高低低，成堆成簇，在暖烘烘的春风里摇曳浅笑。无数的纹白蝶在花间飞舞追逐，醉人的花草香气弥漫大地，耳朵里满盈着野鸟激情的鸣叫……

我怔怔地陶醉在野地里，全身充满着一股难言的喜悦，觉得造物者离我好近好近，心中洋溢着满足与感谢……

空出所有的思维与感觉，我像入定般放怀，让春天的一切无阻地进入，充满身体与心灵……时间不再流动，刹那也与永恒合一，万物露出了神性，我第一次感受到涅槃的存在……

一列轰隆轰隆赶路的列车，把我从入定中惊起，我又变成一个冷静的自然观察者。这使我有些悲伤。

待一切的涟漪过后，我决定对这片野地做一番观察记录，我想知道大自然如何经营这块野地。

这小片春野里，最出色的要算紫花藿香姬了。它那独特又亮丽的紫色花朵，在以绿色为底的大地上，分外出色抢眼。当它成簇地出现，更把这种效果扩大了许多倍，所以它顺理成章地成为这片野地的主角。每当一阵轻风拂过，千万朵紫花摇曳生姿，仿佛还可听见它们发出自信的浅笑声。

开金黄色花的鼠曲草也是亮丽的角色，同时植株数也不少。可是，显然它们比较个人主义，很少聚在一起，因此也分散了吸引力。而所谓天生丽质难自弃，欣赏的眼光依然时时停留在这些我行我素的黄花上。那些爱食草果的人，更不会忘了它的存在。

咸丰草本是田野里最令人厌恶的野草之一，因为它黑色带钩的种子，总是成千成百地钩在裤脚上，让人免费替它散播种子。现在它也开出了黄心白瓣的小花，为这块野地增添了几许美丽，因而也有足够的理由，让人原谅它耍过的赖皮游戏，更何况它的嫩叶可以治牙痛，根可消炎清火。

昭和草虽然色艺不怎么出众，但它以个子取胜，鹤立鸡群的身子，使人不看它也难。其实昭和草最美的时光是在初夏，当那像雪球般的种子成熟时，一阵初夏的凉风，往往使田野好像雪花乱飘似的，令人忍不住要伸手去捕捉打身前飞过的轻柔。

昭和草也是一种常见的救荒食物，嫩叶嫩心算得上野地佳肴，许多常在大自然中活动的人，总记得它的滋味。

小叶藜个子娇小，貌不出众，但是整个寒冬中却是田野里最常看见的植物之一，每逢春意正浓之际，也正是它果熟叶枯时。原本默默无闻的它，现在叶片转成了朱红，在绿绿的野地里，也抢到不少风头，这种临去秋波、回光返照，也自有一番哀凄之美。

其他开花的尚有黄鹌菜、荠菜、泥胡菜、龙葵、狗尾草，它们数量少了些，或者花艺略逊，所以都沦为跑龙套的角色。正结子实的有红蓼、野稗子等。而正努力抽长身子的有野茼蒿、飞蓬、野葡萄……当然还有旱地原来残存的花生。

这小小的一块人类放弃的田地，只不过半年，大自然就让它开满了野花，这些花要比公园里的花更野更富生命力，所以也更得我尊敬。因为有这么多种野生植物，各种昆虫也分别在这里找到了栖身的地方，蜜蜂、蝴蝶、毛虫、蝇、虻、蚜虫、瓢虫、蝗虫、蜘蛛……地面上我看到了蟾蜍、草蜥、石龙子、游蛇、南蛇。

当然，最容易注意到的还是唱个不停的歌鸟，从声音中我可以辨别的有灰头鹪莺、锦鸲、小云雀、乌头翁、黄鹂鸰、番鹃。用眼睛找到的有栗腹文鸟、鹌鹑、红鸠，以及一只斑点鸫。

探访过这片人类口中的"荒地"的每一种生物后，我深深觉得，荒地其实不荒，它有着丰富的各色各样野生植物，但人类太过于从经济角度来看它，所以才有"荒地"一词的出现。若能从大自然的角度来看，荒地亦有情，它供养着各种生物。人类所谓的荒地，往往是野生动植物的天堂，这该够让人类好好地反省了！

农人放弃耕作的第一年,大自然用无数美丽的野花来庆贺土地回归荒野。这片人类口中的"荒地",其丰富、美丽远胜于人类所刻意经营的花圃,其中每种植物都有着强韧的生命力,无需人的照顾就长得健美泰然,野趣横生。

藿香姬被人类视为可恶的"杂草",在这片春天的野地里,却成了出色的主角。

鼠曲草的黄花虽然出色,却不会抢走别种草的风采。

咸丰草的种子是人人讨厌的"鬼针",总是粘在人类的衣裤上,搭便车播种,让人不胜其烦。但它的花朵却美丽可爱,是许多昆虫的蜜源。

小叶藜既不出色也不出众,是冬季田野里的沉默大众。当春意正浓,它的果实成熟了,小叶片转成了鲜红,便赛过三月的春花。

昭和草不因身材颀长而压迫低矮的青草。

番鹃咯咯叫个不停，大概是在呼唤好友来分享美景。

斑文鸟在草叶间觅食嬉戏，使野地充满生机。

娇小的褐头鹪莺，一声接一声地鸣叫，使整个野地热闹起来。

田野恢复成荒野,也成为野生动植物的新天堂。台湾草蜥正享受春阳,呈现一幅怡然自得的景象。

夏日炎炎

初夏记趣 / 诸神的花园

初夏记趣

气温与湿度不断地攀升,空气中满含着一种即将发生变化的味道,就像一坛正要发酵的果汁,虽然表面看不出有任何动静,但敏感的鼻子已可嗅到它的气味了。

初夏记趣

雨　后

五月天的一个午后,初有热意的太阳突然不见了,大地一片氤氲,气温与湿度不断地攀升,空气中满含着一种即将发生变化的味道,就像一坛正要发酵的果汁,虽然表面看不出有任何动静,但敏感的鼻子已可嗅到它的气味了。

果然,下午四点多左右,哗啦哗啦地下起大雨来。这场雨和冬天、春天的都不相同,大而痛快,相当淋漓尽致,到了五点就戛然止住。不久,三三两两的蝉声响起,我嗅到了初夏的气息。

感受到季节的变换,我不由自主地走入雨后的黄昏大地。我强烈地觉得,我会看到、听到一些新的大自然消息。

走近离家不远的小树林时,我听见树林底下有着无数的轻微摩擦声。我趋前细瞧,发现林下成千上万的白蚁羽化涌出地面。不一会儿,整个林子都是飞飞撞撞的白蚁,像雨丝雾气般腾升,飞入空中,这正是它们一年一度的飞行结婚大典。

小路边坡的大石上,细小的土马鬃所挺举的孢子囊,被雨滴包裹装饰,变得美丽又高贵。就在土马鬃附近,一只灯蛾的毛虫正静静地休息，它的身上附着几颗由大大小小的雨滴所形成的"水晶珠"，可爱极了。

我着迷地跪在地上，透过特写镜头，欣赏这些稀世罕见的水晶珠，久久不愿离去。这种"水晶珠"一直深受我的喜爱与尊敬，我觉得它比世俗的珍珠还美丽高雅，因为它总出现在最卑微的小生命上，不像世俗的珍珠，总出现在俗不可耐的脖子上，老是被那些占有欲特强的人所拥有。而水晶珠不可能被霸占，也不能被收藏在保险柜里。没有谦卑、淡泊、纤细之心的人，是无法欣赏到它的美妙的。

距离大石不远的山壁上，一只小蜗牛正忙着啃噬几朵刚张开的小野菇。看它的模样与进食的情形，不禁为它颇有"牛"状而发噱。

许多先行飞出的白蚁，在盘旋了一阵之后开始落地，有的还带着翅膀，有的已卸下薄翼，三五成群地追逐着。

就在这些白蚁的附近，我发现了两栖类，有盘谷蟾蜍、长脚赤蛙、拉都希氏蛙……它们纷纷大口进食这上苍赐下的天粮——白蚁。

灌木草丛上的蜘蛛网也有收获，蜘蛛不断地把入网的"飞鱼"，用蜘蛛丝牢牢捆缚，网上的"飞鱼"一只一只地增多……

蚂蚁也出动了，一群群小家伙合力拉抬一只大白蚁回家。一路上，那被擒的猎物仍然在拼命地挣扎。

壁虎、草蜥、蟑螂也有美好的丰收，它们全都不必辛勤追逐，猎物就纷纷自动送到嘴边。

不过顷刻工夫，这些食客便吃得酒足饭饱，肚腹鼓得大大的。我看见拉都希氏蛙嘴角仍露出半截白蚁的薄翼，但肚子已容纳不下，就这么暂时含在嘴里了。

原本我非常痛恨白蚁，它们蛀蚀我的地板、榻榻米、书柜、书本……我被逼得已经开始要诅咒它们，但在这场初夏的雨后，我却了解了它们在大自然中的重要性。

白蚁使枯木落叶的剩余有机养料得以迅速地重新进入自然界的生态食物链中，是大自然所以生生不息的关键之一。

我从白蚁身上看到往常不自觉的偏见——"常以一己之私看待他种生物"，我也从它们身上体悟到佛陀所言"众生平等"、"生命无贵贱"的真谛。

因有亮丽的水珠装饰，小小的土马鬃也有机会成为野地的主角。

原本其貌不扬的毛毛虫，也因水珠的装饰，变得高贵起来。

初夏的雨后,正是白蚁飞行结婚的时刻。许多不小心的"新人"落入蜘蛛的陷阱里。

飞蚁大餐是上苍一年一度降下的"天粮",拉都希氏蛙正大口大口地享用天赐宴席。

古氏赤蛙吃得肚子鼓鼓的,变成大腹便便,行动也变得迟钝起来。

充足的雨水使得野草长出了菇伞,正好让山蜗牛大快朵颐。

莲雾树

院子里有一株莲雾树,虽然长得不高大,但每年初夏,总或多或少有一些果实成熟。我和芳邻们很少摘取,大多留给大自然的朋友来享用。

每到莲雾成熟之际,树上树下就变得热闹起来,年年此时,只要我没有出远门,都会观察有哪些野生动物应邀前来,参与这场大自然的盛宴。

通常,最先让我觉得莲雾树不同于往日的是,大清早的鸟声忽然变得嘈杂起来。往往我还没起床,就能从鸣声中知晓有哪些鸟来了。白头翁、红嘴黑鹎,总是最吵的家伙,它们同属鹎科,也都以浆果为主食,所以理所当然地最先知先觉了。

莲雾初熟时,数量总是很少,所以白头翁和红嘴黑鹎总会为了"谁先发现"、"谁先动口"吵个不休。其实这种"两党"争吵的情形,每年四月在我书房窗外的一棵大桑树上也同样上演着,那正是桑葚初熟的时节。

在成熟的莲雾逐渐增多时,五色鸟也出现了。它不像鹎科的朋友们,吃饱了就离去,它常在树枝上逗留,或休憩或鸣叫。

绿绣眼也来了,但停留的时间很短,总是来来去去,我无法知道那些后到的是不是先前来过又回头的……

连续数年,都是这几种鸟光临,但去年出现了一对绿鸠,倒相当出乎我的意料。今年我没有再看到它们,大概是去年莲雾结得特别多,消息也就传得格外远。

去年,还来了三只赤腹松鼠,它们总沿着院外的樟树枝干飞跃过来,动作轻盈迅捷,我花了好几天工夫想拍摄它们,都没有成功。

树下的落果一天一天增多，初夏的高温使落果很快地发酵，散发出水果酒的香味。现在接到邀请的"酒客"就更多了——金龟子、锹形虫、天牛、黑艳甲虫、金蝇、果实蝇、翘尾虫、中国大虎头蜂、黄腰虎头蜂……对我来说，这些昆虫只是陪客，我真正注意的是蝴蝶。

我记录到的蝴蝶有琉璃蛱蝶、白三线蝶、黄三线蝶、台湾单带蛱蝶、豹纹蝶、红星斑蛱蝶、大玉带荫蝶、白条斑荫蝶，以及大环纹蝶。

这些蝴蝶平常大多相当敏感且不易接近，我时常为了拍它们弄得满头大汗，到最后总是功败垂成。现在"酒过三巡"，它们一只只醺醺然地忘了此时此地，忘了我是谁，尤其是著名的大环纹蝶。

往常在森林里，我多次被大环纹蝶的大个子以及出色的斑纹吸引，也不知浪费了多少时间、体力与底片，还得不到一张好照片，但这时的它已"醉得自认没醉"，毫无怨言地任由我从各种角度、各种距离来拍摄。

后来，我为了拍大环纹蝶旁边的一只琉璃蛱蝶，必须请这大个子让一让，它却借酒装疯不予理睬。我只好把它抓开，当我拖离它时，它仍意犹未尽地不肯收回吸管，依然伸得长长的，在那儿抢吮几口。

有趣的是，喝醉的不只是大环纹蝶，还有中国大虎头蜂和锹形虫。有一只锹形虫尤其有趣，竟像疯牛一样，遇见什么顶什么，最后它顶着半个烂莲雾在树下沉睡到下午。

这使我想起好多年前，有一部记录非洲的电影—片名叫"可爱的动物"（Beautiful People），其中记录了一段有趣的真实故事：在非洲，有一种漆树科的野生果树，当它成熟时，果实内部会发酵成酒,然后落下。这时,原野上各种好酒之徒纷纷闻香而来——猴子、大象、野猪、驼鸟……统统出现了!

在大快朵颐之后,这些野生动物纷纷醉了,猴子一直翻着筋斗,大象因脚软而摇摇摆摆,驼鸟则团团转,最后全醉倒在树下及附近,直到第二天早上,它们醒转之后,才有些莫名其妙地迅速离去。

这种野果,非洲人称之为"醉果"。

三线蝶霸占了一颗
莲雾,慢慢地享用
初夏的盛宴。

琉璃蛱蝶吃得旁若无人。

荫蝶相对而食,它们是蝴蝶中比较懂得餐桌礼仪的客人。

本页图 难以接近的环纹蝶此时已"醉得自认没醉",任由我近距离拍照。

右页上图 喝醉的锹形虫好像疯牛一样,遇见什么顶什么,最后它顶着半个烂莲雾在树下沉睡到下午。

右页下图 中国大虎头蜂醉得失去方向感而在原地团团转,无法起飞。

人工沼塘

我在客厅的落地窗外,用五个水桶、两个水族箱养了十来条斗鱼,并在水里放了水蕴草、大萍,其中有一桶还栽种了一棵两年前我从北二高工地沼塘里,抢救回来的台湾萍蓬草。这些生物在初夏的季节里,突然生命粲然地活泼了起来,使得这片小小沼塘,一点也不输给附近任何一个野地沼泽。

首先,水蕴草开花了,令人难以相信的是,这种墨绿色沉水的不起眼小草,竟然在水面上绽放出洁白又抢眼的娇柔小花,来访的朋友无不赞叹。

小白花只有一天的美丽,但每天都会有新开的鲜花挺出水面。有一次,我观察到一株沉水较深的水蕴草也长出一朵含苞的花朵,由于离水面太远,花梗伸不了那样长,花朵因而无法挺出水面开放。但开花的时间到了,花瓣必须展开了……我没有帮它浮出水面,我想知道水蕴草自己会怎样做。

花苞基部开始释出气体,我猜想那是氧气,氧气逐渐在花苞上聚成一个气泡,把花苞包围起来,不久花瓣慢慢地外展。因为花被包裹在气泡内,所以花蕊不会与水接触。

我从水族箱外观赏这朵气泡中的水中花,如水晶一般亮丽诱人。

当氧气不断被释出,气泡也随之变大变长,然后气泡的上半部突然挣脱并逸出水面。氧气继续被释出,仅仅过了三十几秒,新的气泡又胀满了,就这样,这朵难得一见的水中花一直在"美得冒泡"。

其实气泡除了保护花朵外,有时还可以帮助水草浮起,好使花朵挺出水面。例如,这株水蕴草如果有三五朵花同时绽放,那么三五个气泡也必定能使水蕴草浮起。

后来这棵水蕴草在照到太阳后,叶片四周也纷纷释放氧气,并附着在叶片上。当小气泡愈来愈多,水蕴草浮了起来,那朵沉水的小花终于露出水面了。

水蕴草开花后不久,雄斗鱼也春情发动,在水面吐泡营巢,造了一座泡沫爱巢,同时常常对着雌斗鱼扬鳍张鳃,并把体色变得绚丽斑斓,以挑逗雌鱼。

几天之后,我看见泡沫下有黑点状的小鱼孵化了,雄斗鱼不眠不休地照顾幼鱼,并把雌鱼赶得老远,不让它接近小鱼。

夜里,我看见褐树蛙爬到水桶上缘。其实入春以来,它就一直住在水桶底下的缝隙里,我常在下雨的春夜,听到它在水桶下嗯嗯地轻声鸣叫。我第一次看见它们,是在四月里的一个晚上,它突然跳到落地窗上,追捕被灯光引来的飞蛾。

褐树蛙的不请自来,让我欢喜不已,它是我所知最好的邻居、最佳的室友。真的,比起长脚蜘蛛、白蚁、蟑螂、人类……

一天中午,我去喂小斗鱼,惊起了两只可爱的小豆娘,到了下午,有一只蓝腰蜻蜓飞临盘旋。

过了几天,我见到腥红蜻蜓在桶里产卵,一对无霸勾尾蜓在水草上交尾……后来我又在另一个水桶里发现了好多小蝌蚪。

这个小小的水桶天地,愈来愈热闹,到了台湾萍蓬草开花的那一天,似乎把整出戏带向了高潮,蝴蝶翩翩来到,台湾凤蝶、大凤蝶,还有一只小灰蝶一直停在花梗上……

有一天晚上,我瞥见一只小野鼠,正攫食被客厅灯光引来而跌落桶边的金龟子和天蛾。连续几天,我都瞧见了小野鼠,直到某个夜里,来了一条很长很长的大头蛇。

我猜大头蛇大概是为了捕食小野鼠而来。过几天,我发现它居然定居在水桶旁的大花盆底下，也做了我的新邻居。

一晚，我为了拍摄新邻居的尊容，堵住了它外出夜游的去路。它几度欲强行通过，都被我挡了回去，最后，它生气了，突然把身子向上曲动升高，直达一米的高度，气势慑人，就像龙一样。

多年来，我跟大部分的台湾蛇类交往过，这还是头一次被蛇震慑。它就这样摆出它认为最威猛的姿态让我拍。这张照片冲出来后，果然吓住了许多朋友。

一个下着细雨的夜晚，我自外摸黑归来，透过远处邻家的灯火，我看见院门上有一条长长的藤蔓斜斜缠着，我想是路过的踏青客，或者是邻人把采回来的树藤留在门上。我觉得它缠放的位置不甚好看，所以想把它扯下来。

没想到，我一扯，树藤竟然变成一条挣扎的大头蛇。我赶忙将它放回门上，并为我的粗鲁向它致歉。如果它会像人一样发声，刚才的一扯，它必会惨叫起来。

大头蛇的出现，使我那灵长目的邻居紧张了起来，而且他几次目睹我发现蛇后，总立刻冲回家。他原先以为我是去拿棍子解决蛇，结果竟是拿着相机跑出来。他说决定采取保护家人的行动，逼得我不得不把大头蛇"遣送"到后山的森林里。

这个由五个水桶、两个水族箱组成的小沼泽，因为没有人刻意经营与干扰，很快地形成了一个自然生态体系，不但生机蓬勃，而且趣味盎然。它让我深深体悟到，人类对大自然最好的经营方法就是不经营，让大自然经营自己，才能永保自然的丰饶繁茂。

水蕴草是一种沉水的植物,但是花朵会伸出水面绽放。它的花朵虽小,却玲珑可爱。

一时无法浮出水面的水蕴草花朵,会释放氧气将花苞包围起来,此时,它美得好似水晶制造的花朵一般美丽。

斗鱼的繁殖季节到了,雄斗鱼的体色变得艳丽无比,性情也好斗起来。

小斗鱼孵化了,就停留在泡泡巢下。

夜晚,一只褐树蛙来到鱼箱上,后来在里头产了许多卵。

蝌蚪出现了,不久,小青蛙跳到水草上,人工沼塘愈来愈热闹了。

台湾萍蓬草也开花了,人工沼塘达到了夏日的高潮。

大头蛇出现了,它象征着人工沼塘的生物链形成了。

诸神的花园

每朵浸满月光的野百合,
好像同声唱着颂赞的曲子。
正是上帝率天使、诸神游园赏花的时刻,
而我,只是一个无意间闯入神山的凡人。

诸神的花园

在蒙古大草原上,每届仲夏大地水草丰美之际,牧人都会相约聚在一起,快快活活地娱乐几天,这就是著名的草原盛会,蒙古人称之"那达慕"。

在台湾的高山草原上,每年暑夏时,都有一场"高山盛会",主角不是人类,而是变化无穷、遍处开放的美丽野花。

我参加过蒙古的草原盛会,随着牧人尽情歌舞骑射,留下了难以忘怀的快乐回忆,但对我来说,这场有歌有酒有舞的草原盛会,却比不上我参与的一场台湾高山盛会,因为草原盛会是牧人举行的,而高山盛会却是诸神的园游会。

我能参与高山盛会虽然相当偶然与幸运,但也经过许多岁月的耐心等待……

多年前的一个夏天,一位正忙着要达成攀登百岳的青年,在抢攻合欢山北峰的途中,于海拔三千一百米左右的山坡上,偶然穿过一片百合花遍放的野坡。当时年轻猖急,只嗜登顶的快感,因此他不曾为那片盛开的野百合驻足,甚至放缓脚步。那个轻狂青年就是我。

后来,我投入保护大自然生态的工作,年年眼睁睁地看着台湾一块块失去它美丽的沼泽、野地以及林莽，由海岸、由平原逐渐向内陆、向高山蔓延，而那片我年轻时偶然瞥见的净土，也逐渐变成我的桃花源、我的梦境。我深悔当时轻狂无知与视而不见。马齿愈长，想重见台湾美丽原貌之一的欲望愈强。

从一九八四年开始，我陆陆续续在不同的季节登上那片山坡，在那里扎过营，熬过台风，滑过高山雪，堆过令人羡慕的大雪人。

但，遗憾的是，我始终没有再见到百合花开遍山坡的景致。我有时甚至怀疑，那大片的野花是不是真的存在过？或者是我一相情愿的想象？

经过数年的探研，我总算多少摸清了一些自然现象，原来高山草本植物往往因前一年以及当年的气候不同而有很大的兴衰变化。那种万花齐放的风景，往往要好多年才有一次，甚至此后终不能再现，因为很可能它就此被他种的高山植物所取代，或者它们也可能转移了阵地，毕竟沧海桑田的故事，年年都在大自然的某个地方上演着。

一九八九年初至一九九〇年春末，是风调雨顺、瑞雪丰厚的一年。我预测一九九〇年的夏季，高山各种野花将会盛况空前地开放，因而决定从初夏到夏末这段高山植物最风发茂盛的季节里，对合欢北峰下的那一大片山坡，做一次深入的观察与拍摄。

一九九〇年五月初，我来到了这片坡地。冬雪溶尽，土壤十分寒冻，草地仍然枯黄，但仔细观察，却可见许多植物的芽苞胀得鼓鼓的，而红毛杜鹃的小花苞也正万头攒动。

六月上旬的最后一天，我在梅雨暂歇中走上通往合欢北峰的山径。虽然大雨已止，但迷蒙的雾气却遮住了山景，只有稍近的二叶松隐隐约约呈现了模糊的树影，其间掺杂着一簇簇盛开的红毛杜鹃，我来得正是时候!

海拔渐升，二叶松逐渐稀疏，最后完全消失了，而怒放的杜鹃占据了雾中的风景，山雾也被染成了紫红色。

当雾气变薄时，它的颜色就变得更紫更红，有时还真让人迷惑，到底是杜鹃染红了山雾，还是雾气染红了杜鹃。

走了半个小时上升的杜鹃花径，我来到了一处坡度平缓的突地，杜鹃把这小平台让给了低矮稀疏的箭竹与高山芒草，而我就借用了这个花海中的孤岛，作为我今晚过夜的营地。

正当我忙着竖起营帐，突然山风微微吹起，搅动了如纱的迷雾，我站立的高地首当其冲，雾由我四周退去，而紫红的杜鹃却随着雾的后退而呈现，它像野火似地随雾烧去，渐烧渐远，最后杜鹃花一团团的火焰，终把整个山坡烧遍了……

我被这突然出现的壮观美景所震慑，竟然不知何时让那快搭建完成的营帐松扁下去，眼波像着了魔似地，随着那烧过一山又一山、一岭又一岭的野杜鹃，投到了远处泛着微紫的深谷……

不知过了多久，我那随着眼波漫游的灵魂才回来，我也方能清醒地欣赏这些藏在山上、躲在梅雨季节里的台湾高山之美。那些曾让我艳羡过的北国遍野春花，比起此刻这片台湾的高山野花，也要逊色三分了。

我孤单地站在花海中的小岛上，独自欣赏着这大片的山花，觉得自己太富有、太奢侈得有点罪恶感，虽然"台湾钱淹脚目"，但谁又能像我这样富有得独享这天地间的大美呢?

正当我心中因为没有同伴来与我分享这上苍的恩赐而感到寂寞，我突然瞥见下方有四个小小的人影朝上行来。

他们的速度很快，顷刻间，我已能看清他们年轻的脸庞，三男一女，背着背包气喘吁吁地沿着被盛开的杜鹃花丛弄得又狭窄又曲折的山路奋力往上爬。

他们并没有因为我诚挚的赏花邀请而减缓脚步，他们急着要攻顶——把双脚踩在山头的三角点上。

看到他们渐高渐小的身影，我好像又看见了年轻时候的自己，常为了一个不具深意的目标与虚幻的快感，而错过了多少擦身而过的永恒。

一行人头也不回地往上爬，不久就消失在棱线上的薄雾里，而把大片野花不屑一顾地轻留身后。

山雾又悄悄地涌起，好像潮浪似地，渐渐地把美景淹没。

雾越来越浓，不久飘起雨来，细细的，一阵子后变成了大雨，打得帐顶答答作响。寒意也随着雨来，我想起那四个攻向北峰山头的年轻人，生火煮了一锅姜汤，我知道，对他们而言，这比满山的杜鹃花更有吸引力。

四个发抖的登山者，把我的双人帐挤得像难民营似的，一会儿，热乎乎的姜汤便使他们恢复了年轻的笑容。

他们得意地告诉我，三年来他们已攻下了近七十座山头，再过一两年，就可完成征服百岳的壮举。

我问及因何不愿停下来，好好欣赏这开得如此壮丽、如此难得一见的满山杜鹃，他们轻描淡写地回说，三月已在阳明山公园赏过了。

我不以为然地告诉他们，阳明山的杜鹃是凡人栽种的，品种也是日本人育成的，而现在包围着我们的叫红毛杜鹃，又名台湾高山杜鹃，是台湾特有种，全世界只野生在台湾的高山上，是上帝栽种的。

"这里是上帝的花园，凡人的花园怎能相比？"我大声冲口而出，但他们毫不为我的激奋语气所动，甚至眼中还流露出一点轻视与怜悯的眼神。他们必定觉得我怎么这样死心眼，杜鹃就是杜鹃，还分什么凡人与上帝的。只是那一碗热姜汤使他们保住了不使主人难堪的美德，没有当面笑我婆婆妈妈。

红毛杜鹃一直开到六月下旬，才逐渐进入尾声，虽然仍有少数迟到的，正急急忙忙地开放，但盛会已过，它们只好加入早开的阿里山龙胆的行列。

阿里山龙胆是一种多年生的矮小草本植物，当它成簇开着星状的蓝色花朵时，显得颇为抢眼。尤其在生长红毛杜鹃的那片山坡的上方，那里原是低矮略稀疏的高山芒草与箭竹的地盘，这些出色的阿里山龙胆在正转绿的草生地上，这里那里地绽开着，望去好像满天星斗似的。

七月初桃红的玉山蒿草、金黄色的疏花毛茛、淡紫色的玉山水苦荬，纷纷加入阿里山龙胆的队伍。

这时我最关心的是台湾野百合将于何时开花，我注意到山坡上正有许许多多含着深紫色大小花苞的野百合，我估计它的盛花期将在七月下旬出现。

七月二十日，我从火炉般的台北赶往合欢山，才走上通往北峰的山路，我就嗅到了野百合沁人心脾的香气。几朵洁白发亮的百合花，高高开在路旁的边坡上，像迎客般，笑脸盈盈地等在那里，仿佛对着走上山路的人说："欢迎！欢迎！"

沿着小路爬升，盛开的野百合逐渐增多。等越过了红毛杜鹃聚居的山坡后，一大片盛开的野百合立刻映入眼中。它们全把雪白的喇叭花口对着循山路登上山来的人，好像它们对上山的人表示欢迎、好奇又有些戒心，它们害怕不知怜香惜玉的采花人，而欢迎珍惜大自然的赏花者。

为了把这壮丽的野百合好好拍摄下来，为了多多亲近、享受

上图　漫山盛开的红毛杜鹃，好像野火一般在山坡上、在雾里燃烧。

右页上图　红毛杜鹃是台湾特有种，是中高海拔森林火灾后的先驱植物。

右页下图　盛开的阿里山龙胆好像落入草地间的繁星。

玉山水苦荬玲珑小巧,是地道的小角色。

疏花毛茛总以群落的方式出现。

漫山的台湾野百合令人见了怦然心动，从这里我们可窥见台湾的原貌。

野百合的美丽可爱，我决定就在花间扎营。可是，百合花间我竟找不到一处没有花的空地，可供扎立营帐。最后我不得不退到下方，在那红毛杜鹃群生的空隙里，建立我临时的居所。

这一天我没有机会使用相机，整个下午都罩着雾，时浓时薄，能见度不佳，无法表达野百合的洁白剔透以及壮丽花景。

可是到了这天深夜的时候，雾却完全消散，将圆的月，将山坡照得有如加了滤镜的白昼。绵绵不绝的野百合幽香，随着高山上冷凉如水的微风，涌入我的帐篷，变成一种令我无法婉拒的邀请。迎着香风，我不由自主地朝着香源走去。

银色月光下的百合园，幽美得如梦幻仙境，好像诸神园游的圣山，遍插着他们钟爱的花朵，不曾遗漏任何的角落。一眼望去，我突然觉得每一朵花都是天上下来的星星，因为只有星星才如此众多，如此出色，如此幽丽。

随着脚步的接近，我逐渐紧张，甚至有些害怕起来，一种异样的感觉在我心中升起，使我不敢踏入百合遍开的野地。我深深觉得这片地是上帝的花园，俗人任意闯入，是会受到诅咒的。

冰凉的香气仿佛被月光凝结了，大地充满了一种亘古又神圣的气息，每朵浸满月光的野百合，好像同声唱着颂赞的曲子，正是上帝率天使、诸神游园赏花的时刻，而我，只是一个无意间闯入神山的凡人。

我伫立良久，也不知做了多少的深呼吸，我那久为世俗所惑的心灵终于慢慢地敞开了。戒心没有了，自我消失了，我和山野，和野百合越来越接近，也愈相熟。最后，我感觉到我被接纳了，我不再是陌生人，不再是闯入者，我是应邀前来的贵宾，我是来实践许久许久前订下的约会。

我慢慢地，谨慎地举步走入月夜下的百合园。起初我有强烈的孤独感，很想有好朋友来分享这悠悠天地间的大美，但我越深入野地，孤独感就越淡，因为在我经过的地方，每朵盛放的百合花都向我招呼致意，如同我们在几辈子前就相互认识似的。

岂止野百合，一些早开的玉山龙胆、玉山飞蓬、香叶草、悬钩子……似乎都能唤出我的乳名，还有高山白腹鼠、华南鼬鼠，以及一只很少落地的白面飞鼠也都受邀前来。

够了，这么多的朋友，我怎会孤独？我们认识的人不少，但认识的心灵可就少得可怜，难怪那么多人觉得孤独，感到寂寞啊！

我在花间漫游着，心中充满着愉悦、幸福与满足，如果我就此长眠，也不会有什么遗憾。人生一遭，何曾拥有什么？又何曾带走什么？能有一次这样无憾的经验，也多多少少窥到了一点神性，体验到一些涅槃的境界。

我在月夜下游荡着，拜访着。这朵花前谈谈，那丛花间聊聊，嗅嗅高挺的花朵，亲亲低羞的花蕊。我是如此地轻飘飘，好似挣脱了躯壳的束缚，可以随意飘浮，任意游荡……直到月亮被合欢北峰遮住了，大地一下子幽暗下来。是的，宾主尽欢，诸神醉着归去，我也依依不舍地回转我的营帐，最后在醺醺然中微醉着睡去。

次晨醒来时，发现外面飘着细细的山雨，大地一片朦胧，对照昨夜的清明风月，我不禁怀疑前夕的经历是否为一场太虚梦境？

这细雨落落停停的一天，我是如何度过，我没有留下任何记忆，昨晚盛会仍然让我在这一整个雨天愉快，回味无穷。

第三天，我一大早就钻出营帐。山雨不知何时停了，不过雾气依然氤氲，百合花瓣挂着晶莹的水珠，使它显得更清新。

早餐后，我架起了相机，等待着雾散云开，好捕捉一张多年来就一直渴望拍摄到的台湾野百合花景照片，一张让台湾人感动、自傲的照片。

近午时，雾逐渐散去，但云块依然盘踞天空，我无法等到拍摄的理想条件。

午后，天候似乎没有改变，我的心有些焦急，也有些失望。这么多年来，野百合好不容易又一次开得如此绚烂，如果今夏又错过了，可能又得再等一个五年、十年，谁知道神仙们何年再临此间？

下午两点钟左右，我差不多彻底失望了，这时山风突然拂动，虽然只是微微的，却吹动了那片久悬头上的云块。

两点半，金色的阳光终于破空射下，大地立刻呈现一片翠绿，千百朵为阳光金箭穿透的百合花，散发着白玉般晶莹剔透的光泽。我用颤抖的手指，按下了相机的快门。

阳光不过普照了片刻，另一片大云块就移了过来，午后高山常有的云雾又开始涌起。我心满意足地收起相机，内心满是感激的情怀。

当天黄昏我就收拾下山去了，因为一道太平洋低压已经临近，天气变得恶劣了。

回到喧嚣杂乱的都会，看见丑陋污染的城市，我又不禁怀疑台湾是否真的有那样美丽的地方。直到照片冲出来，我才确定，台湾的确存在着一个上帝的花园。

十天后，我又忍不住走上那条通往百合山坡的小路，但情况却教我吃了一惊。原本开满百合白色花朵的野地，现在变色了，成为玉山龙胆的黄色花朵为主。原来漫山的百合花大多谢了，只剩稀稀疏疏几朵迟到的花朵，点缀在山坡上。

除了遍地的玉山龙胆怒放外，还有金黄色的一枝黄花、紫色的玉山蒿草、蓝色的高山沙参……在同一块野地上，在如此短的时间内，使花园的角色全部更改，似乎只有上帝的园丁才可能办到。

我再也无法在园内随意走动，因为要找到可以让我落脚的空地有些困难……

玉山龙胆担纲主演的花戏不过一周，戏目就换了，现在开桃紫色花的香叶草粉墨登场了，配角有桃色的玉山石竹、白中含紫的玉山飞蓬、白色的峦大当药……

时序渐入八月中旬，虽然节目仍按序隆重上演，但是许多尚未现身的角色似乎按捺不住了，尤其是玉山虎杖，好像着了火冒着烟，一丛丛在山坡上燃烧起来，山艾、狗筋蔓、碎雪草、玉山佛甲草、玉山山奶草、台湾藜芦……也这里那里冒出头，山坡上一下子热闹得纷乱起来，好像大家抢着当主角，彼此笑骂着、调侃着、呼喊着、歌唱着……我想，除了人类以外，所有的生物都可以听见这些高山野花的笑语歌声。

这是台湾夏日高山盛夏花会的压轴戏，谢幕的乐声在入夜后霜冷的风里，遥遥地，悄悄地响起……对我而言，未来的盛会虽然难以预期，但今夏的与会已让我觉得身为台湾子民的骄傲与满足，也让我感到人生无憾！

台湾野百合硕大、芳香、洁白，具有强韧的生命力与草根性。

玉山龙胆纷纷开出金色的花朵，一时成为高山野地的主角之一。

峦大当药散生在草原里,虽不十分出色,却也不会让人忘记。

下图　玉山虎杖的花是青烟，果实像火焰。

右页上图　玉山飞蓬在角落里美得引人接近。

右页下图　一枝黄花，花如其名，常一枝独秀。

左页图　玉山佛甲草开得像黄色的星团。

本页左图　玉山毛莲菜。

本页右图　早田氏香叶草。

坡地里领衔主演的玉山龙胆。

秋风萧萧

与鹰有约 / 高地秋游

与鹰有约

原本零星起飞的赤腹鹰,这时好似突然得到了信号,纷纷冲天飞起,就像蜂炮阵朝天乱射一般,令人目不暇接。

与鹰有约

大地初晓,薄云在天,早来的落山风,吹得海面浪花翻腾,刮得森林的树叶飒飒作响。我坐在垦丁社顶南方的大斜坡上,好整以暇地等待着欣赏赤腹鹰从斜坡下方的森林飞起,这就是有名的"起鹰"。

十年来,我在秋风起后,都会从台北赶赴恒春半岛,履践与许许多多来自北方的鹰鹫的约会,虽然没有浪漫的情怀,却也别具一番意义。

一年之中,最早到达台湾的总是赤腹鹰,往往在九月初就现了踪影,中旬以后,数量逐日递增。

依据野鸟学会以及垦丁"国家公园"蔡乙荣先生的统计,赤腹鹰每年过境的数目多在五万只以上,一九九三年约有六万只,一九九四年则达到七万多只。

早先,我对大群赤腹鹰降落及起飞的地点并不清楚,往往只能碰运气。近年已大致摸清楚它们落脚的地方,社顶西边的这片季风林正是赤腹鹰落脚处之一,这里的赤腹鹰虽然不是最多,却是观赏它们起鹰最佳的地点。

旭日就要升起了,东方的天空由灰白转为淡红,再转为金黄，但我无暇欣赏，因为起鹰的奇观随时会上演。

天色愈来愈亮了，当我的眼睛刚可以看清楚森林顶层的枝条时，一只赤腹鹰突然冲天直起，大约飞升五十米左右，然后就遇到落山风汇聚的主流。它迎着强风，借风力向左滑翔斜斜升高，不久就朝东北方逆风而去，消失在我右后方的珊瑚礁背面。接着第二只、第三只……像排队似的。

通常它们总是先直直弹起，有的立即迎上落山风主流，有的飞了一小段才遇上，它们一旦迎上强大的主流风，双翅就不再挥动，只靠风力并调整翅膀的角度，就可迅速翱翔天际。

大约在第一只起飞后的五分钟左右，原本零星起飞的赤腹鹰，这时好似突然得到了信号，纷纷冲天飞起，就像蜂炮阵朝天乱射一般，令人目不暇给。

许多赤腹鹰为了迎上落山风，总会低低掠过我头顶，有时距我头顶不过三四米左右，此时不但可以清晰地欣赏它的表情，还可以从眼睛的颜色分辨它是雌或雄：雄的是红色，雌的是黄色。

鹰群窜飞的时间大约只有短短几分钟，然后便又纷纷向东北方向滑翔而去。

这样壮观的群鹰起飞场面，有时会重复好几次，这与在森林里过夜的鹰群数目有关。有时起鹰的场面很大，次数多；有时只是一阵热闹，随即草草结束；有时只出现几只来充场面。

起鹰时，有些赤腹鹰会因风力太强而被迫下降，并停在树枝上略事休息几秒或几分钟。这正是为它们拍照的好机会。此时所拍到的赤腹鹰以胸腹有条纹的亚成鸟居多，这可能是由于亚成鸟的体力及飞行经验稍差。但偶尔也会有成鸟，它胸腹间是一片淡赤色，我猜它是体力已差的老鸟吧！

赤腹鹰是要到南方去避冬的，为什么在起鹰后不朝南飞，却

赤腹鹰的亚成鸟在胸腹上有纵条斑。

迎风掠起的赤腹鹰，御风前进速度极快。

赤腹鹰成鸟的胸腹则为一片橙色。

朝东北方滑翔而去呢？最初我也不懂，后来我和生态摄影家周民雄先生分头展开追踪，终于在一九九三年秋找到了答案。

赤腹鹰起飞后，先迎风滑翔到社顶"国家公园"东北方的山谷，这个迎风山谷因地形的关系，会将汇流吹入山谷的一部分强劲东北季风，转向成上升的气流；这一股上升气流，会把盘旋的赤腹鹰送到高空去，高到我们必须借助望远镜才能看到它们。然后，高空中另有一股向西南流动的气流，会将它们送往南方。显然赤腹鹰早已知道，只要到了这个山谷，就可以不费吹灰之力盘旋上升到高空，搭上"秋风班机"向南飞去。

起鹰结束，太阳也升了上来。在灿烂的阳光之下，泛凉的季风却依然强劲地刮着。不久，又有一批刚刚抵达恒春半岛的赤腹鹰开始降落，替代了今晨离去的那一批。

鹰的起飞与降落，都必须逆风而行，跟飞机起降的原理完全相同，因此它们飞抵恒春时，必会飞至最南端的龙坑、鹅銮鼻一带，再来个大转弯，回头逆风北飞，逐渐降低高度，沿龙盘草原、龙仔埔牧场，来到社顶朝东倾斜的季风林，或是沿鹅銮鼻海岸北飞，到了船帆石一带折向东北，降落在社顶西向，也就是我观赏起鹰的森林里。

初降落的赤腹鹰总是一头钻入中层隐密的枝丫间，不会停在高枝上。休息一阵子之后，才开始在林中觅食。它们抓小老鼠、台湾大蝗、蜥蜴和蜻蜓，我也见过它们攫捕小松鼠。

陆陆续续又有成群结队的赤腹鹰抵达，快的时候一批接着一批，慢的时候，一两个小时也看不到一只。这个空当，倒是观赏其他野鸟的最佳时刻。

垦丁最常见到的是红尾伯劳，就在我面前不远的地方活动。它们专心捕食，但各自有势力范围，若是因为追捕猎物不小心越了鸟界，还会被同伴追打。

有一天赤腹鹰来得特别少，我遂把注意力转到一只离我不过七八米远的红尾伯劳上，我记录它那天早上的菜单有毛毛虫、蟋蟀、蜻蜓、螽斯、蚱蜢以及蚯蚓。

红尾伯劳也吃蜜蜂，当它捕捉到蜜蜂时，一定先叼住头部，然后使劲把蜜蜂的尾部往枝干上摩擦，直到其尾部的毒针被扯离之后才吞食。一九九四年和我一起拍摄自然生态的摄影家梁皆得先生告诉我，他以前在鹿港地区，常常看见红尾伯劳把吃不完的食物挂在植物的尖刺上保存起来。

垦丁的龙銮潭是观赏红隼、泽鹭、灰泽鹭、鱼鹰和鸢的好地点。它们常在这片开阔地区的上空盘旋觅食。这时它们在低空飞行，更能让观赏者感受到猛禽的雄风英姿，以及它们追风逐云的悠游自在。

一九九三年十月初，我躲在龙銮潭北堤外侧的湿地旁边，用望远镜头拍摄水鸟。这时有一只红隼，突然以惊人的高速俯冲而下，攻击一只在湿地上觅食的东方环颈鸻。当环颈鸻有所警觉时，红隼的利爪已经临头了……

就在这生死关头，环颈鸻紧急往旁边一跳，竟然间不容发地躲开了红隼的扑杀，但仍然被红隼高速掠过所产生的气流，弄得脚步踉跄，失去平衡。

俯冲下来的红隼，在攻击的那一瞬间几乎是贴着水面而过，一击不中，便立即调整角度，就在我面前两米的地方，陡然拔起升空。我清楚地感受到它带来的气动以及声势，不禁为那只死里逃生的东方环颈鸻捏了一把冷汗。

这是我第一次震慑于一只小小的红隼，在那一刹那间，我体会到了所谓的力与美。作为大自然食物链中最高阶的动物，红隼

红尾伯劳会在恒春地区停留一小段时间。

本页上图 泽鹭滑过龙銮潭，眼睛注视着下方。

本页下图 红隼是少数在台湾过冬的猛禽之一。

右页图 灰面鹫在林中略事休憩。

的爆发力与狂野的生命力，使我热血沸腾、内心激动，久久不能平息……即使是在一年多以后的今天，那电光石火、雷霆万钧的一击，仍然那样鲜明生动地展现在我脑海中，让我心动不已。

九月一过，过境的赤腹鹰就渐渐少了，而灰面鹫的数目却与日俱增。有人认为鹫是大型的鹰，所以像灰面鹫这种小型的鹰，应该称之为"灰面鹞鹰"比较妥当，但一般人习惯上仍然把它叫做灰面鹫。

大约在十月初，灰面鹫抵达台湾的数量就开始增多，通常在十月十日前后达到高潮。

灰面鹫抵达恒春半岛后，总会在下午到黄昏的这段时间成群盘旋，再慢慢降落，因此它比赤腹鹰更易观赏，场面也更加壮观。

满州乡街市四边的山林谷地，是灰面鹫过境时最喜欢休憩、打尖的地方。近年赏鸟风气兴盛，这座因鸟而出名的小小山村，每年十月十日总有成百上千的赏鸟人拥入，尤以里德桥一带的人最多，因为这里是欣赏灰面鹫降落的最佳地点。

早年来这里赏鸟的人并不多，即使在十月十日当天，这里也不过十几人，后来随着自然环境被破坏，以及人们生活的富裕，人对自然的向往日殷，赏鹰、拍鹰的人逐年增加。到了一九九三年十月十日，通往里德桥的道路必须实施交通管制，人车才能动弹。满载赏鹰人的游览车一辆接着一辆，如进香团一般开抵满州，这里面有远自台北、花莲等地来的，更有从澎湖、金门渡海而来的。

灰面鹫年年翩翩降临，但以我这些年的经验发现，它似乎总是与赏鹰人过不去，当赏鹰人蜂拥而至时，灰面鹫总是寥寥可数，形成人比鸟多的现象。以一九九三年十月十日前后三天假期为例,赏鹰人多达数千人,灰面鹫却每次只出现几十只,十一日那天出现得最多,也不过数百只,可是在接下来的三天里,人群散了,灰面鹫却来了一万多只,不但满天盘旋,并且多次形成难得一见的"鹰柱"。

对于不远千里前来赏鸟的人而言,观赏灰面鹫只是为了一睹大自然奇观,并享受大自然所带来的感动,但对世居当地的马卡道平埔族来说,却是一个民族深沉的乡愁。这一则与灰面鹫有关的传说是:

马卡道族原住在安南(越南旧名),某日,一群马卡道人出海捕鱼,不幸遇上台风,渔船漂流至满州乡的九棚湾,被当地的排湾族人所掳,男人被杀,女的则配给排湾族战士当老婆。

安南本族的人在海上四处寻找失踪的族人,毫无所获,于是派出山后鸟(即灰面鹫)去找。山后鸟最后在满州乡找到这些妇女,并停在靠近烟囱的树上,与正在烧饭的妇女对话,妇女则告诉山后鸟说:"回不去了,回不去了!"

灰面鹫听了就开始哭鸣,因为它没有办法完成任务,所以也不敢回安南。故乡的安南族人只好每年都另派一批山后鸟去寻找,因此满州乡年年都会看到山后鸟。

后来这些被困在满州乡的马卡道妇女生下了小孩,就把她们的身世与山后鸟的来历告诉小孩,并嘱咐孩子们不要猎杀山后鸟⋯⋯

而对于排湾族人而言,灰面鹫则是上苍所赐的天粮。当地的一个老人告诉我,他年少时,当灰面鹫临空盘旋之际,整个天空就仿佛罩着一片乌云一般,到了晚上,每棵树都栖满了灰面鹫,他们用长竹竿在树上来回扫打,用不了多久,被打下来的灰面鹫就可以装满一箩筐,所以当地流传着这么一句话:"南落鹰,来

上图　正在盘旋准备降落在满州乡山谷的灰面鵟。

右页上图　在空中盘旋的灰面鵟。

右页下图　里德桥一带赏鹰的人往往比鹰还多，正是"人如流水，车如龙"。

灰面鵟形成的鹰柱奇观,难得一见。

灰山椒鸟虽然也是南迁候鸟之一,却算得上是稀有过境鸟。

树鹊是森林的角头老大,纵使遇上猛禽,它也会试图将它吓走。

难得黄鹂也现身了,让观鸟人惊艳不已。

乌头翁在入秋之后开始聚集成群。

一万,死九千!"

在我赏鹰的地点附近,乌头翁的出现率也很高。

乌头翁是留鸟,总在这大片森林里转来转去,而且一来就是一大群,其中有不少是今年春天出生的亚成鸟。树鹊亦常见,三五成群地,来时总是先闻其声,那破锣般的大嗓门,在落山风里传得特别远。

树鹊是一种很特别的鸟,体型并不大,但大部分的鸟都对它畏惧三分,说它是森林里的角头老大似乎也不为过,我就看见过树鹊威吓灰面鹫,以及体型比自己大上好几倍的蜂鹰。

蜂鹰是南迁鹰类中体型较大的一种,很引人注目,但在整个鹰鹫族群中,蜂鹰的数量并不多。它的头比其他种类的鹰细长,故又名雕头鹰。蜂鹰的食物令人难以置信,它专门撕开蜂巢啄食蜂的幼虫,也因此得蜂鹰之名。

我曾在屏东满州乡看见两只蜂鹰进入养蜂场吃蜂。它是胡蜂的天敌,是维持大自然生态平衡的重要角色之一。

灰山椒鸟也是此时南迁的候鸟之一,偶尔也会有一群出现在森林顶层逐树移动,觅食各种昆虫。

与赤腹鹰一道南飞的鹰隼类飞禽,尚有少数游隼、燕隼、红隼、灰泽鹫、鱼鹰、松雀鹰和鸢等。这些少数鸟族经常混在大批的赤腹鹰群中,辨认及拍摄它们,常把我弄得晕头转向。

所幸在辨认的同时,偶有一些意外惊喜,例如一九九四年九月二十六日那一天,竟然飞来了一只黄鹂,让我们这几个赏鸟人惊艳不已。

早些年我来此地,市场上仍有鹰肉出售,小饮食店也可以吃到炒鹰肉,当时有一位胖胖的店老板还特别要我尝尝,我勉为其难地挟了一块吃了。鹰肉又老又韧,好像是在嚼橡胶一般,很难吃，然而店老板却吃得很起劲，还直说很补，尽管他已经胖得快滴出油来了。

即使到了今天，大多数人已经营养过剩，可是他们仍然觉得需要进补。

由此看来，台湾人民真正需要进补的应该不是身体，而是心理，这是一种历经长期的饥贫，从他们的祖先时代开始就深植于内心中的"心理性肾亏症"。

现在，当局已明令禁止猎鹰，垦丁"国家公园"的公园警察也执法甚严，所以猎灰面鹫的人越来越少。然而，因为滥伐的缘故，满州乡山谷的林木面积正在逐年缩减，其他违法行为造成的破坏，如滥垦、滥建、滥葬等，也犹如恶性皮肤癌一般地迅速蔓延。

这些鹰鹫改变它们古老的南飞路线，或另觅过夜地点，我想是迟早的事。到那时，我们所损失的将不只是山林美景而已，我们的孩子也将会失去一个从大自然得到感动以及启示的机会，那真的是得不偿失！

左页图　蜂鹰又名雕头鹰，在南迁的猛禽中，它属于体形较大者。它主要的食物是各种蜂的幼虫，所以叫蜂鹰。

下图　美丽的满州山谷，如果没有善加保护，终将如夕阳余晖，逐渐失色。

山林正在逐渐消失,南飞的灰面鹫迟早会改道,那时将不只是满州人的损失,也是大家的遗憾。

高地秋游

一棵棵变黄、变红、变赤的青枫、枫香、红榨槭,好像刚换上彩衣新装的少女,在大山的伸展台上,随着阵阵秋风,举行一场大地的服装秀。

高地秋游

碧绿是中部横贯公路上的一个小站，却因为有一棵树龄达三千多年的峦大杉巨木而大大有名，一般人称之为"碧绿神木"。它诞生在商周时期，历经多少朝代而屹立至今，可以算得上是中国文明历史的活见证，也是台湾人类史的见证者——台湾真正的活生生的自然纪念物。

碧绿海拔二千四百米，正是台湾最容易起雾的高度，也就是著名的雾林带。再加上这里正好是溯立雾溪而上的大量温暖湿气，被地形逼迫而急速上升，遇到了冷湿的空气，湿气凝结成浓雾的地区，因而形成了中温带雨林的环境。我们从这地区的大树枝干上挂满了又长又密的松萝，可以窥知它的生态环境。

这里不但景色幽深诡异，自然生态更是丰饶细腻，是台湾许多自然地区中我最喜欢盘桓的地方之一。从这里到关原是我经常徒步做自然观察、拍照的一段，从碧绿往西，则是我喜欢豚隐、离开人群的一条路……

碧绿是著名的雾林带，自然景观丰饶细腻。

森林与动物

我从中部横贯公路碧绿神木站大转弯的地方，走上一条往南的支线，大约前进一公里，支线就到了尽头。从这里，有一条羊肠小径通到太鲁阁泰雅族的旧部落，他们称为克拉堡的台地。

这段路并不长，不过五公里左右，但因为路的两头几乎都是垂直下降的陡坡，在重装备下成了相当吃力的一段山路。

所幸这段山路十分幽美，尤其这十一月下旬，正是台湾中海拔山区秋意最盎然的季节。原本浓郁混沌的森林，忽然变得清秀爽眼，一棵棵变黄、变红、变赤的青枫、枫香、红榨槭，好像刚换上彩衣新装的少女，在大山的伸展台上，随着阵阵秋风，举行一场大地的服装秀。

有些敏感的树种，像山胡桃、栎树等更已落叶满地，往往一阵山风，就带走枝上的一些黄叶，使秋意更浓更烈。

偶尔一大片浓雾涌来，视线范围随之缩小，四周的树木也成了剪影，林中一片迷蒙。

往往我在雾林中摸索着前进，忽然又一阵山风扫来，把山雾清除，眼前又豁然一亮，远处的秋山又一一呈现。

栓皮栎的果实长大了，树底下零零散散掉落一地，大都是野生动物啃食落下的。我有时还可瞥见一只轻巧的赤腹松鼠，一溜烟地脱离我的视线，然后是一颗啃了一半的野栎子，从它原来站立的枝上掉了下来，"嗒——"的一声，打破了森林的寂静。

条纹松鼠也出现了，它那机灵的身子，忽进忽退，简直是活的鼠标正在走迷宫。它有时把头整个伸进松了的树皮下，有时在下垂的细枝端倒挂金钩。有时在快速的前进中，戛然停止，并静静地蹲伏着，好像它忽然想起了什么。过了一会儿，又似触电一般，身子乍然弹跳起来，跃到另一枝条上，就像小鸟飞跃般轻盈，随即消失在树干的背面。

正当我以为再看不见它时，条纹松鼠却不知何时已到了结满栎子的枝端。饱满的栎子结结实实地打在地面，好像一个顽皮的孩子暗示着它躲藏的地点……

这些松鼠在白天进食，到了晚上就换飞鼠出场了。当我以无法看见飞鼠为憾时，突然树干旁一堆雪白的颜色吸引了我的目光。定睛一看，竟是一只白面鼯鼠，也就是俗称的飞鼠，僵直地挂在那里，原来昨晚它中了陷阱。这么活泼、可爱的小动物，就这样惨死在盗猎者的手中，似乎不管是天上飞的、树上跃的，还是地上跑的、地下钻的、水中游的动物，没有一种能躲过人类的毒手。

同行的泰雅族年轻人看见挂在树干上的飞鼠，如获至宝地攀爬上树。

他矫捷的身手，在在显示他体内流动着泰雅族人游猎的天性，以及对大自然的熟悉。

他取下猎物，我则把陷阱毁了。

看着他喜滋滋的样子，我忍不住问他要如何煮。

"煮？"他有点吃惊也有点疑惑地说，"这样新鲜、味美的野味为什么还要烹煮？"

其实我早知生食飞鼠肝以及肠子是山地猎人公认的山珍与补品，生食新鲜的野肉也是他们的美味，我只是想知道这个名叫靖嘎的泰雅族年轻一代，保存了多少习性。

他浓厚的猎人本性，也间接地让我害死了一条蛇。那是在他取下白面鼯鼠后不久，我发现落叶堆中有一条蛇，我刚指出蛇的位置，说时迟，那时快，靖嘎就像闪电般一跃重重地踩下，那倒霉的蛇立刻成了一条头被踩扁、身子扭曲挣扎的死蛇。他动作太快,太本能了,以致我想阻止都来不及。

我好想揍靖嘎一拳,但我忍了下来。我知道那是他们的习性,正如他说的:"只要看见蛇,管他什么蛇,都必须打死,这是我们泰雅族的传统。"

从"国家公园法"来看,靖嘎这一举动已不合法,但靖嘎只是本能地按照他从小所受的训练,要他不杀蛇,要他遵照"国家公园法",可说是一件非常困难的事,所以"国家公园"当局还有一段漫长又艰巨的路要走,山林的野生动物依然必须在每一时刻冒着生命危险活下去……

中海拔的原始森林,秋色撩人,在这亚热带的台湾山区,呈现出多彩多姿的画面。

左页图 秋雾来去，有时清晰，有时朦胧，高地有如神仙居住的地方。

右图 身轻如燕的条纹松鼠，可以在细枝上活动。

下图 条纹松鼠是台湾特有种，分布在中高海拔的森林。

青枫一树红叶,有如一把炽烈的火把。

即使住在高地的森林里，白面鼯鼠也难逃猎人的毒手。

秋　蛇

　　艳阳高照的天气到了午后，浓浓的云雾逐渐涌了上来，克拉堡高地整个变成了雨雾迷蒙的景象，偶尔飘着微雨。

　　若按昨日万里无云的天气，白天气温虽高，但在太阳下山之后，温度迅速逸散至没有遮拦的天空，气温迅速下降，甚至还结霜。但今天因有云雾遮盖天空，气温反而可以保持得比较高，即使下雨，仍然令人觉得温暖。

　　就在这起雾的秋日下午，我和好友曹昌德来到克拉堡高地的森林边缘。这里有几棵快落光叶片的台湾山胡桃，我们预备捡几粒掉落地面的胡桃核。

　　正当我在地面逐步寻找时，突然看见一条蛇慢慢滑过铺着枯叶的空地，朝山胡桃树下过来。

　　在这海拔一千八百米的高地深秋里，居然还有蛇类活动，我感到有点意外。这里早晚的温度往往降得很低，尤其是无风无云的夜晚，温度常降至摄氏零度以下，甚至降霜。这些冷血动物照理说该已冬眠了，但这条蛇依然精力充沛地活动着，好像舍不得美丽的秋天，或者它是一条忙碌的现代蛇？

　　自从前两晚领教过高地莫氏树蛙的耐寒力后，我对高地的其他冷血动物早已刮目相看——能在高地生存，它们自然有一套适应的法宝。

　　它一定感觉到了我的脚步，因为它忽然停下向前动的身子，一动不动地以原姿势弯曲着身子留在那里。

　　当我逐渐走近它时，它开始缓缓蠕动将身子缩曲起来，显露了蛇类胆小的天性。大部分的蛇其实都相当胆小，除了几种特别毒又有领域性的蛇，像响尾蛇、百步蛇，一般只要感觉有大动物接近，无不缩成一堆或逃之夭夭。

这条蛇没有立刻逃跑即是希望我没有发现它。野生动物都知道，动就会暴露行藏，静止常是最佳的掩护，尤其那些本身就有保护色或拟态的动物。

这条蛇的体色相当黯淡，要不是我瞥见它游动的身子，我很难发觉它。

从它的体色以及行径来推断，我猜它是一条无毒蛇。所有我所知道的在中海拔山区生存的蛇类名字，立刻在我脑海中快速掠过。它会是什么蛇呢？

我走到它身边，它仍然静止不动，无非是认为我仍未发觉它的存在。它的花纹十分特别，灰泥色的底，黯红色的横条纹，把身子划成一节一节的，像竹子的节一样。它就是不多见的红竹蛇。

由它温驯不恶的样子，可以得知它是一条白天活动的无毒蛇。除此之外，人类对它的了解非常少，例如它到底以何种食物维生，至目前为止也不清楚。由此可见，我们对蛇所知极少，这也难怪靖嘎以及很多的人，只要看见蛇，不管青红皂白，都一律予以处死，像靖嘎前日踩死的蛇就是一条无毒的拟龟壳花。

拟龟壳花又叫拟百步蛇，它只是体色模仿这两种毒蛇，好用来吓退敌人罢了，其实它不仅无毒，也毫无攻击性。

我一面为它拍照，也一面呼唤朋友过来认识这条平地不易见到的蛇。

朋友看过这条动也不动的蛇后，突然说："那边也有一条蛇。"他指着刚才他寻找山胡桃果的地方说，"但是，死了，看样子好像冻死的，冻得扁扁的。"

"跟这条相同吗？"我问。

"不同！"他肯定地说。

"在哪里？快告诉我！"我一向对蛇特别有兴趣。

朋友随即领着我去看它。当我看见那条扁平又扭曲的死蛇时，我迷惑了，这蛇的颜色和长相我颇为眼熟，有点像草花蛇，但它绝不是草花蛇。

再者，它是怎么死的？身上无一丝伤口，只有眼睛是灰蓝色，表示它死时正值要蜕旧皮。

此外，身子为什么这样扁？好像被车子压扁的。但这高山上何来车子呢？难道又是靖嘎踩扁的？

我把这僵硬的蛇翻转身子，想看看它的腹部可有什么特征。

在翻转它身子时，我仿佛觉得它的头似乎轻轻动了一下，我赶快把它放回地面。

由于我放得太快，使得蛇身有点掉下去而轻微碰撞地面。突然，这条被我们认为已死去的蛇，却像眼镜蛇那样，一下子鼓起了脖子，并把头举了起来。

我们都被这突然复活的蛇吓到了，一时之间我们都有点呆住。

它挺起的样子还满威风吓人的，但是这种神气的模样并没有支撑多久，它就像被人用针戳了一下似的，逐渐泄了气而瘫软下来，恢复了原来扁平的死样子。

当我再给它一些刺激时，它又会像被充气似的再度昂然挺起。如果刺激不够分量时，它只抬抬头，然后就一副电力不足的样子而软了下去。

如果刺激更轻时，它干脆就置之不理而装死到底。

我一面为它拍摄，一面思考它到底是什么蛇。会出现在海拔一千八百米高地的蛇并不多，突然一个奇怪的蛇名闪过脑际——台湾赤练蛇。

书上对台湾赤练蛇的描述极少，尤其有关它的生态习性更是几乎只字未提。由此可见，人类虽已登陆月球，但对地球上的生物却仍有非常多未知和未探讨的部分。而台湾虽然年平均所得已超过一万美元，物价消费指数也已高过西欧许多著名城市，但我们对台湾的自然基础研究却十分贫乏，大部分的资料仍然是日本人留下来的，这真令我们汗颜啊！

我真担心，台湾许多著名的生物要步台湾云豹的后尘而消失，也将有很多生物在我们发现它以前，就被我们搞得灭绝了，也许它对我们的经济没有多少影响，也许它是解开自然奥秘的关键物种，或是治疗癌症、艾滋病的特效药材，谁知道呢？自然界中充满着神奇，我们永远不能用预设的眼光看它，今天认为不可能的，到了明天也许就变成可能，人类对于大自然所知仍然如九牛一毛，就让我们怀着敬畏的心来一起关怀或研究台湾的大自然吧！

从克拉堡望向立雾主山、太鲁阁大山。

上图　克拉堡高地上，日本人留下的板栗树已经老态龙钟。每年秋季，黄叶缤纷，让人忆起历史的沧桑。

右页上图　莫氏树蛙颇为耐寒，在秋叶里鸣叫，别有一番悲凉的感觉。

右页下图　红竹蛇的身体有如竹节的纹路。

左图 红竹蛇虽然无毒,却常常表现得富有攻击性。

下图 台湾赤练蛇装成眼镜蛇的样子,以吓唬敌人。

上图　装死的台湾赤练蛇。

右图　有关台湾赤练蛇的生态习性，资料极少。

老人与狗

深秋的满月,把这片海拔一千八百米的克拉堡高地照得有如白昼。

隔着托博阔溪与塔次基里溪,那边是一排高接天际的墨色连峰,从剪影的山峰形状上,我可以分辨出,由左而右有立雾主山、佐久间山、太鲁阁大山、奇莱北峰……

我和泰雅族老人伊矶对坐在他的小木屋前的空地上,就着一营篝火取暖。

这无风无云的深秋月夜,空气寒冻得令人鼻前直冒白气,我的头也紧紧地缩进外衣里。

伊矶是一位年近七旬的泰雅族人,本来在梨山的高冷蔬菜收获后,就该随着家人回到平地去,但伊矶无法过那种没有山没有森林的生活,所以他独自留下,在这大山的高地上,过着闲云野鹤的生活。他是靖嘎的姑爹,对于我们的到访,自是分外欢迎。

昨夜我们抵达克拉堡时,伊矶不在家,直到今天下午才回来,他说他到托博阔溪那边去了三天,那里是他年轻时的主要猎场,现在他仍有一间破旧的猎寮在那边。

伊矶一脸风霜,深刻的皱纹纵横满脸,看起来有些严肃,但他的眼睛却散发出如孩子般纯真的光芒,令人觉得他和蔼可亲。

起初,我们很少开口,只偶尔一两句简略得不能再简的交谈。

"天气……好冷!"我轻声说,摄氏零度以下的气温把我冻得仿佛舌头也有点冻结似的。

他听了,停下手中的拨火杖,举头望着万里无云的秋夜,然后点点头肯定地说:"明天早晨……降霜!"

他的声音一下子就被冻住了，一种深重的沉默又在我们周遭凝结。

虽然伊矶的话不多，但却不冷漠，我感受到他的热情：时而为我烤野栗子，又时而为我敲碎台湾山胡桃，这些是他在入秋后从森林里捡拾回来的。

他也时时从炭火中挖出他埋焖的地瓜，以察视它们的熟软度，或者去拨弄柴火，以免烟熏着我的眼睛。

我一面吃着野地点心，一面凝神倾听周遭大自然的声音，想从中听出一些野生动物的行踪。这些年来的野外经验，多少让我学到了一些辨识的能力。

但大地一片清寂，只有房子后面不远处那片以台湾赤杨为主的杂木林里，偶尔会传来一声白面鼯鼠的尖啸声，好像流星一般，划破寂静的秋夜。

另外，在屋子左边几十米外，那片被秋霜冻得颓萎不堪的菜圃旁，一个被秋草半掩的小水塘边，有一只雄莫氏树蛙，断断续续发出轻铃般的鸣声。

这只耐寒的青蛙或许是喝了几盅烈酒，还是它负有什么神圣的使命未完成，也或许它今夜忽然有了特别的灵感，正要谱下不朽的乐章。

昨夜我抵达高地时，由于浓雾笼罩着大地，气温要比今夜温暖得多，整夜有五只雄莫氏树蛙在那里交互比赛着歌唱的功力。

在我谈及野生动物后，伊矶那有点酒意的眼睛倏然亮了起来，话也多了，好像"野生动物"这名词是打开他话匣子的钥匙。

"以前，"伊矶望着营火说，"在这果实熟落的季节里，正是各种野生动物出没最多的时候，也正是我泰雅族人出猎的时机，我们其他的季节似乎都在为这一季的到来而准备，就是猎狗也是这样……

"成群的野猪会到林子里捡食落果，它们咬碎栎子的声音，在几十米甚至上百米之外都可以听见……

"猕猴会整天待在栎子林里，它摇动的树枝，隔着山谷遥遥可见……

"当我们走过林间，总是看见成群的赤腹松鼠、条纹松鼠被吓得在枝间乱窜……

"夜里，飞鼠、白腹鼠、白鼻心是常遇见的猎物……"

伊矶的描述，我想不正是台湾宝岛的原貌吗？

"伊矶呀！"我想起今夜的寂静，禁不住问道，"以前这样的夜晚，在这里您可以听见那些野兽？"

"当然，还是飞鼠最多，此起彼落的尖叫声，好像一群孩子在互相叫唤名字似的……山羌像群狗般的吠叫声也遥遥可闻，尤其是起雾的晚上……有时野公猪咆哮的声音也会传来，谁知它们在生气什么……猴面鹰（大概是灰林鸮）的怪声，也不时可闻……偶尔有一两晚会听见黑熊巨大的吼声，那声音教猎人及猎犬听来都会热血沸腾……"伊矶如数家珍地回忆着，眼中映着火光……

"这些飞禽走兽都哪里去了？"我其实知道，但我很想知道他的看法。

"平地人有钱了，"伊矶望着逐渐移向天空中央的满月说，"他们要吃山产，商人出高价收购，于是猎人变得贪婪，为了钱，不再遵守春夏不出猎、母兽不捕杀的打猎原则，不过十年间，山野就一片寂静了，再加上森林被大量砍伐，飞禽走兽失去了栖息的山林……"

"您常在这一带的大山间活动，可不可以告诉我，目前野生动物的状况？"我问道。

"最近的状况似乎在逐渐好转，"伊矶以兴奋的口吻说，"许多好多年不见的野兽又出现了……今年有两只长鬃山羊在托博阔溪上游的大崖壁上栖息；在塔次基里溪大瀑布附近，今年夏天我看见一只台湾黑熊带着只小熊；在屏风山的崩壁下方，春天我发现了水鹿群的踪迹，山羌的足迹在那一带也增多了……"

"这些都是令人心痒的现象啊！"伊矶露出顽童般的笑容说，"我非常期待在有生之年，能再重温一次猎水鹿的刺激与快乐。"

伊矶所看到的野生稀有动物，都是"国家公园"成立几年来所显现的成绩。我很庆幸"国家公园"能在这些稀有动物灭绝前及时成立，否则这些著名的台湾野生动物就要像台湾云豹一样，成为一种只供后人凭吊的标本与名字而已。

"可是，'国家公园'不准我再打猎了！"伊矶抱怨说，"一个猎人不能出猎，等于要了他的命啊！"

"伊矶呀！你应该将与野兽相遇的刺激与快乐也让你的孙子、曾孙分享，"我婉转地说，"今天你保护了一只鹿，他日你的孙子就可以看见十只鹿。"

"是啊！你说得有道理，如果山林都变得像今夜这样安静，"伊矶幽幽地说，"这些大山、这些森林，对泰雅族人来说，也等于死了！"

太鲁阁"国家公园"成立不过六年，已有了不错的成绩，这固可击掌称赞，但我也觉察了一些隐忧，其实这也是整个台湾所有"国家公园"的隐忧——开发观光游憩、硬件建设的压力年年增加。这事相当令人忧心，我担心如此下去，"国家公园"迟早会沦为一个观光地或森林游乐区。

伊矶从柴火中挖出几条烤地瓜，它特殊的香甜气味立刻在秋月映照的高地上弥漫开来。

一只瘦巴巴的土猎狗从落了叶的林中一拐一拐地走出来，它摇着尾巴，跛跳着挨近老人。

伊矶拍拍土狗的头顶，以同情的语气说："抓不到，是吗？不中用了，像我……"

"它去抓什么？"我好奇地问。

"山老鼠！"伊矶有点难过地说，"断了一只脚的老狗能猎什么呢？除了老鼠……"

老人从火堆旁的岩块上取下一条烤熟的地瓜，一片一片剥下，喂到狗嘴里。

"它的脚怎么了！"我发现狗的右后脚前半截都失去了。

"被捕兽器夹住，挣了两天挣不开，"伊矶轻声说，"最后它咬断自己的脚，才救回自己的命……"

从前的猎人翻山越岭追捕猎物，何等豪气，何等英雄，但现代的许多猎人却变成到处放陷阱的小人，令人感叹！

夜渐深，寒气如冰，那只莫氏树蛙也不知何时不再开口，而大地更寂静了。我期待着再过几年，我可以在这里听见更多野生动物的声音，陷阱也被清除得一干二净，伊矶可以带领着兴奋而又好奇的都市年轻人观察野兽……

太鲁阁地区,处处流有泰雅人抗日的鲜血。

山羌是小型的吠鹿,鸣声有如小狗吠叫。

冬雪漫漫

雪季之旅 / 淡水河探源

雪季之旅

多少人远赴北美赏枫，
多少人千里迢迢到北海道赏雪，
但他们却没有见过台湾红榨槭的美，
也错过了最珍贵的乡土之雪、台湾之雪……

雪季之旅

一九九一年十二月十九日早上,我从梨山往东出发,准备上合欢山拍冬景。

虽然已近年底,但今年至此时仍未落雪,往年的十二月初,合欢山上常已白雪皑皑了。

出发时,天空飘着雨,一阵大一阵小地下着。冬季里,梨山若下雨,表示东北季风甚强,甚至是大陆冷气团南下,如果它所挟带的湿气够多,那么合欢山就要飘雪了。

不过我不敢抱太多的希望,今天虽然湿气够多,可是气温并不怎么寒冷,看来只有下大雨罢了。

虽然入冬了,但是中海拔山区的许多红叶仍未落尽,稀稀疏疏地挂在枝头,别有一番情趣,在雨中,尤其引入瞩目。那些落在地面的红叶,在被雨水浸湿后,显得更多彩多姿,使人忍不住要拾取它来。

至于我,则忍不住把镜头对准这些迷人的叶片。因为贪看红叶,我前进的速度非常缓慢,而梨山到大禹岭这段路的红叶又特别多,像青枫、红榨槭,在阴沉的雨天里,变成了视觉的焦点。

中午时,我抵达了海拔二千三百米的松泉岗,现在雨变稀了，但雨滴却变得很大，天空的乌云变得很怪，有点泛乌青色，似乎比一般下大雨时的云层拉得高些。

过了一会儿，我发现稀疏的大雨滴打在车前挡风玻璃上时，变得有点黏，并不立即飞散，且打在玻璃上时，不再滴答作响，打下来的速度变慢了，打击力变轻了，玻璃上有些微的结晶体混在雨水中缓慢地滑下。

我终于明白过来，"下雪了！"我不禁大叫了一声。

慢慢地，雪雨变成纯然的飘雪了，大片大片飘下。我赶忙冲出车外，那情景一下子将我慑住了：一片片雪花漫天飘落，好像天女散花似的，有的雪花左右飘荡，缓缓如梅瓣飘飘，有的旋转着降下，好像山茶整朵飞落，有的斜斜摇曳下来，好像落叶一般，也有的缓慢得像羽毛那样不愿落地……

雪片越落越密，但四周却出奇地寂静，静得有点反常，好像我的耳朵忽然失聪似的，这显然是我太习惯于下雨的声音，不管大雨或小雨。像下这样大的雪片，却寂然无声，总觉得不对，尤其是撑伞拍照时，连最细微的声音也全然没有。

伞的周缘没有成串的水汇落，这点比下雨好多了，我不必担心它溅湿我的摄影器材，但问题是，伞撑不到几分钟就撑不住了，因为积在大伞上的雪变成沉重的负担。

为了体会大雪的滋味，我收起了伞，在雪中走着，只几分钟，我的帽顶就变白了。抬头时，可以清楚看见一片片雪花直朝我飘来，那感觉以"天女散花"来形容毫不为过。

雪越下越大，天色变得灰沉起来，树上、枯草上开始堆积雪了，把马路给衬得更清楚分明。

两个孩童合撑着一把伞走出小屋外，那个小的时时溜到伞外去试试被雪黏住的滋味，而大的则时时用伞替他挡雪。很显然，大的正在执行父亲交待的任务：保护小弟弟，不要让雪弄湿了。

可是大孩子自己也忍受不住好奇，常把伞挪开，露出他的头来迎接飘落的雪片。

"嘻！嘻！好冰！"大孩子笑着说。雪片在他脸上融化着。

"好好玩！"小的童子用脚上的小雨鞋踢草上的积雪。

一会儿，小屋中走出一个块头颇粗、穿着旧军大衣的退役老兵来。

"小家伙！给俺回来！"他用山东腔大声吆喝说，"要玩雪，也得等雪停了！"

两个玩得正兴起的孩子对他的呼唤充耳不闻，仍然嬉笑着互相比着踢雪。

"雪有啥好玩的，这一点点雪就大惊小怪！"他一面说一面走近我，"这场雪虽然比不上俺家乡的大雪，但也是俺住在这里近二十年来最大的一次了！"

"老乡！"我招呼说，"可别忘了，这里是台湾，是亚热带！在亚热带上飘雪本就是稀奇，何况飘这么大的雪。老实说，台湾两千多万人中看见过飘台湾雪的可没几人啊！"

"是啊！"他大声笑着说，"俺也忍不住要溜出来，像小时候那样在雪地上跑跑、跳跳、打打雪仗！"

我在大雪纷飞中继续慢慢前进，我的车子已经变成白车，迎面而来的汽车，车顶的积雪比我的更厚，可知前方的雪要不是更大，就是下得更早。那么海拔高出这里至少一千米的合欢山就可以想象了。

大雪寂静地下着，好似正上演着默片，有动感却无声音。

大雪天，大地变成一张黑白照片，只有黑、灰、白。

路面也积了一层雪，铁杉变得灰白，树干凹处的积雪越来越多，路旁的枯草也已完全埋在雪堆下，只有一两根不屈的枝子仍露在外头，诉说着它的原本面貌。

接近合欢垭口时，大地已变成一片银色世界，除了车辙、树干，一切都成了白色，而雪花仍大片大片地飘着。我冒着大雪，把车子从大禹岭转向合欢山的公路，马路已完全为厚雪所覆盖，积雪已超过十厘米。

随着海拔渐高，公路上的积雪也愈来愈厚，当海拔升到二千八百米的落鹰山庄时，积雪已超过二十厘米。不能再前进了，因为路迹渐不明显，今夜只好歇在落鹰山庄。

我把汽车的冷却水放掉，免得它结冰把管线甚至水箱涨破了。

入夜后，大雪依然纷飞，取了一桶新雪来煮菜，还用它来泡茶，心中升起一种快慰，饭菜都变得令我回味无穷。

夜里颇冷，透过铁皮屋顶传过来的寒气，冻得我耳朵发疼，冰冷的空气也使鼻孔在吸气时有刀割之感。低气压下，高山稀薄的空气，使我有些微的晕眩。

寂静的下雪夜，只有偶尔松树枝承受不住的积雪泻落时，发出一阵啪啦或轰轰的雪落声，偶尔也有树枝被雪压断的裂断声打破这种奇妙的静谧。

半夜时，雪停了，快满的月亮也露脸了，把这银色的世界照得有如白昼。这是我这辈子见过的最高的月夜。这么明亮的晚上，的确可以不用点灯就可以看书，尤其是古书：字大、笔画粗黑，阅览起来毫无困难。如果是今天的报纸，我想就不可能出现"囊萤读卷"、"凿壁阅书"的精彩故事了……

天亮时，我计算了一下积雪的厚度，将近四十厘米，尚未采收的甘蓝菜在厚雪下好像成了万人冢，我的车子也一半陷在雪里。

为了拍雪景,不得不踩着厚厚的松雪上山。我没有带熊掌鞋,走起路来非常辛苦,因为每一步都陷到膝盖,备尝举步维艰的滋味。

从落鹰山庄到小风口这短短的两公里路,却让我走了两个多小时,如果有雪地竞走——比慢的,那这将是一项创纪录。

回头看着自己在新雪上留下深洞似的足迹,是一项非常有趣的事。

小风口的地形我几乎认不出来了,停车场全为厚雪封住了,上方那片我所熟悉的铁杉全然变了样。每年我有不少次打这些铁杉下走过,虽然它们称得上美,却也没有美得使我动心去拍它们。但,现在它们不一样了,白雪盖在树顶,好像为它们戴了白帽,白雪披在枝干上又像戴挂了肩章,树干上的积雪衬出了整个树形,它一下子变得如此美,美得出众、出尘,我忍不住对它按下了快门。

太阳升高后,树上的雪开始慢慢溶化,然后一堆一堆地从高枝上倾泻而下,声势惊人,也蔚为雪后的一大奇观。

小风口以上的雪更深了,陷到了大腿处,使我无法再前进。真是遗憾。

回程上,我发现一只鼹鼠冻死在雪堆中。一定是饥饿难耐,半夜出来觅食,被大雪困住,最后就此冻死了吧!

我常想,作为一只野生动物,要能活下去可真不简单,能寿终正寝那就难上加难了。就以一只山上的老鼠为例吧,它的天敌可多了:鹰、鹫、枭、乌鸦、华南鼬鼠、蛇、山猫、犬、人……再加上火灾等,几乎无时无刻不处在危险当中,往往连吃一顿都无法顺顺利利,甚至交尾都必须在最短时间内完成,因为交尾时

大雪缤纷,竟是落在北回归线上的台湾岛,这实在是上苍独厚台湾的印证。

甘蓝菜被雪覆盖,成了一片奇异的景象。

高大的铁杉在大雪之后的次日,好像戴了白帽,挂了肩章。

左页图 铁杉树顶的积雪崩落,声势吓人。

本页大图 从冰天雪地的合欢山北望,中央尖山、南湖大山的雪更厚,厚得有些微微泛红。前面这片雪地,每年盛夏都开满了各种野花。

右图 天气的变化是大自然对生命的考验,一只鼹鼠不幸冻死在雪地里。

最没有防御以及逃生的能力。

这一天我仍歇在落鹰山庄，夜里非常冷，山庄引水的水管都冻裂了。

次晨，我再度出发。雪变硬了，昨天的阳光把上层的雪稍稍融化，到了夜里它冻成冰，现在它不再令我深陷，可是却变滑了。这更危险，滑倒事小，如果不小心滑落山谷，那就要谢谢收看了。

今天天气比昨天更晴朗，雪地的反光更强，我不得不把头脸都包起来，免得被紫外线灼伤。几年前，有一次我就因为在雪地的阳光下工作了一天没有遮脸，结果把脸灼伤，弄得面目全非，敷了半个月的药才复原。

今天的雪景比之昨日更有特色，南湖大山、中央尖山、奇莱山全都清楚可见，整个山都被冰雪所封，更显得险恶壮丽。这也是台湾高山最大的特色以及它迷人的地方，多少国际登山人士，在登过台湾的高山后永远念念不忘。

要到合欢北峰下，那片被我誉为"上帝的花园"的山坡。一九九〇年的夏天，我曾在这里拍过变幻无穷的高山野花，我一直想看看这里雪季的情景。

昨天树枝上的积雪渐融，但在夜里又被冻成冰。现在树枝上披挂着冰枪冰柱，好像有人故意去把树装饰起来，当光线穿透这些冰条时，整棵小树变成了冰雕，令人叹为观止。

有时我不小心触到小树，这些冰条即折断垂落，乒乓作响，有如弄破玻璃。有时打到我头上，也让我有当头棒喝之感。

我在鞋底绑上冰爪，使自己不致滑倒。但到了铁杉林时，我遇到了麻烦。因为林中的积雪仍然松软，有一次我陷入一个凹处，积雪几乎将我全埋了，尤其是沉重的登山背包，更使我的脱困难上加难。

几次我都想放弃了，而且我也给自己找到很好的放弃借口："我是亚热带的居民，天生就难适应雪地活动，更何况是装备不足……"

但是，我又想到，我已走了半天，铁杉林也越过一半，只要爬过铁杉林，目标就到了，为什么要功亏一篑呢？

人一辈子都面临着取舍抉择，对于许多事与物的舍弃，我常可以果决，但唯独对自我的考验与挑战，放弃常变成一种难以抚平的挫折，所以我决定继续奋斗。

但，我必须解决我最大的难题与负担——背包，它使我变得更重，也使我在雪中陷得更深，所以我必须让背包与我分开才行，但如何使背包可以跟着我前进呢？

突然，我脑中灵光一闪——用雪橇！

我捡拾一些被雪压断、长满松叶的二叶松枝，用它做了一个克难的雪橇，经过几番试验与修改，终于行了。

本想立即上路，但太阳已经偏西，午后四点，天色不早了。经过一天的折腾，颇有倦意，我决定在这积雪的林中扎营过夜。

在野外露营甚至露宿，我的经验算得上丰富，但在雪堆上扎营还是头一遭。

夜间的高山寒气颇令人难受，我整夜点着瓦斯灯，使帐内的气温上升不少。但帐底的雪却渗进了冰冷，我必须在睡垫上再铺上羽毛夹克，才能阻却寒意。

夜深时，吹起了峡谷风，这是一种由上往下吹的山风。雪堆、冰条由树上坠落的声音在林中此起彼落。偶尔几阵强一点的山风，也会在树枝间制造一阵阵海涛般的声音，但风过之后，它又变成有点可怕的寂静。

快天亮时，风完全静止了。我一夜睡睡醒醒，这时终于真正沉睡去。

爬出营帐时，已日上三竿，太阳把营帐照得格外温暖，我用含有松香的落雪煮了早餐和茶水。

我的"克难号"雪橇终于启航了。我用肩拖着它，一步一步往上拉。这比背着轻松多了，只二十分钟我已通过铁杉林。而那片盛夏里开满几十种野花的山坡却空无一物，除了厚厚的白雪。雪多得连地形也改变了，原来的凹地，因为堆了比别处更多的雪，而与周围的高地扯平了。我唯一找到仲夏留下的痕迹是一枝野百合枯干的果荚，它笔挺地突出雪面，果荚完完整整，好像它里头藏着拯救整个野地生命的秘方，也好像它有千言万语要交待，它更像一把启动季节的钥匙……

我没有动它，留待"春"来启开这扇门，释放被"冬"禁闭的公主们。

说真的，要不是亲眼见过这里繁花遍地的景象，实在不敢相信这空荡荡的雪地，到了盛夏会万花齐放。大自然的变化万千，生命的奥妙，再次让我生起敬畏之心。

多少人远赴北美赏枫，多少人千里迢迢到北海道赏雪，但他们却没有见过台湾红榨槭的美，也错过了最珍贵的乡土之雪、台湾之雪……

台湾中高海拔地区的森林，入秋之后，红叶令人惊艳。虽然场面不如北美，但因会变色的树种多，颜色变化更丰富，赏红叶的时间也更长。

下图 铁杉林中,积雪厚达一米以上。

右页上图 雪在白天渐渐融化,但到了夜晚又被山上的低温冻结成冰,形成了冰枝冰丫。

右页下图 一枝枯干的台湾野百合果荚突出雪面,它仿佛是启动大自然季节循环的钥匙。

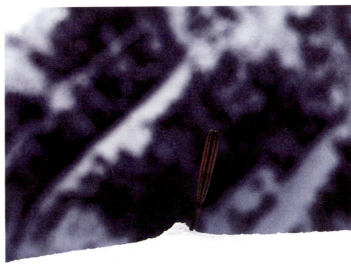

淡水河探源

在厚雪的冷杉林中摸索着,一寸一寸地挺进。中午时分终于抵达了从品田山泻下的山涧。这里的瀑布现在冻成了美丽的冰瀑,也是淡水河的另一源头。

淡水河探源

每次扭开水龙头,我总会想:这流出的水中,来自最高最远的一滴水是出自何处?

秋日里,我自大屯山顶拍摄那映着夕阳余晖,弯曲流过台北盆地的淡水河,我会想问:其中最高最远的水源在哪里?

河川污染、自来水普遍化后,人与河流的关系日趋淡薄。一九九三年,我应《大地地理杂志》之请,接下了探查淡水河河源的工作。终于有机会理清心头的疑问,重新思索人跟河流的关系。

从地图上可以看出,淡水河的水主要来自大汉溪与新店溪。其中大汉溪溪流最长。若从地图往大汉溪的上游看,可以发现大汉溪一路收集了不少小溪的流水。如果再循它水量最大的水流上溯,最后会进入塔克金溪。再沿此溪上溯,最终是成了两道山涧,其水量相差无几。事实上这两条山涧是淡水河同等重要的水源。而它们一条源自海拔三千五百三十六米的品田山,一条来自海拔三千四百九十二米的大霸尖山……

对我来说,这探源并不是一件很困难的事,但在高山雪飘冰封的二月天,探源就成了一件艰难又危险的旅行了。

弯弯曲曲流经台北盆地的淡水河,在夕阳余晖中,美得令人遐思,但喝它水的台北人有几个知道它发源自哪里呢?

二月二日，我和来自南投东埔的布农族山地青年海速尔、里蓝以及帕里三人在新竹会合，然后转车到海拔一千七百五十米的马达拉溪，从这里踏上往大霸尖山的路。

走过常绿的阔叶林，穿过落尽树叶的栓皮栎林及台湾赤杨林，然后是著名的黑森林。这里是针叶林与阔叶林混生的原始林，而台湾最著名的树——台湾扁柏亦在其中。

静谧幽森、大树参天的黑森林事实上可以说是台湾能被称为美丽岛的最后证据。我相信，如果台湾中海拔以上仍保有这种原始的森林，台湾实在不会有近年频仍的水、旱之灾。

阴历正月十一日，月亮初升中，我们抵达了海拔二千六百九十九米的九九山庄。偌大的山庄除了管理员邱先生外，空无一人。

夜里山庄的无线电对讲机传来新竹"林管处"林阿杉课长的声音，他嘱我们要特别留心，因为三○五○高地以上会被厚雪覆盖。

第二天早上，整理装备，发现山地青年里蓝竟然把我放在车上的汽车电动打气筒也带了上来，一下子全笑得东倒西歪，身心真的像是被打了气似的轻快起来。

日出时，我们向上挺进。到了海拔二千九百米左右，厚雪已经盖住了小路，雪面亦已冰硬滑溜。不得不穿上冰爪，以防止滑倒，甚至摔落山谷。

在结冰的路面行走十分困难，因为有时冰爪踩碎冰面时，体重加上沉重的装备往往使人一下子陷入深雪中，又得费不少时间与气力，才能脱困。

当小路转入背阴之处，松软的深雪又立刻阻止了前进的脚步，只好立刻脱下冰爪，换上宽大的熊掌鞋。

下午太阳偏西时，我们推进至耶巴奥山，并在稍下方的森林里扎营过夜。

夜里飞鼠的尖哨声不断地传来，像在呼唤擅长狩猎的布农山地青年，山地青年听了忍不住想出去一探究竟。为了明天更艰难的路程，我们不得不饮米酒来安抚情绪。

第三天，我们往前推进，过了伊泽山，抵达离中霸一公里的山屋，并在这里设立了营地。我将从这里出发做轻装的探勘，因为由此往上的雪更厚了，重装备很难前进。我的高度计测出山屋的高度为海拔三千三百米。

第四天，二月五日一早，在两个山地青年开路下，我们轻装向大霸迈进。他们一面前进，一面修整路径上的雪面，在结冰的陡坡上凿梯段，在松厚的雪路上，把雪铲下山崖去，或者把它踩实了，因为这几天我们将多次在这条雪路上来回。

二月六日中午，我们终于抵达了大霸尖山的鞍部，这里也是大汉溪、大安溪的分水岭之一。鞍部的两边，都是半弧形的漏斗口，各自收进弧线上林立的高山雪进入谷底，形成了冰雪的山涧。

就在大霸尖山北面的岩棱与东霸尖山西南岩坡交接的地方形成了一个V字形凹口，这里收集了大霸尖山顶上以及东霸尖山西南面的冰雪，汇成了淡水河的两大源头之一。

山顶的雪在高山强烈的阳光照射下，缓缓融解。溶水流到冰冷的山壁上又逐渐被冻结，形成了一条条美丽的冰柱。

冰、雪的融解，使得大霸岩壁的石块松动，因而造成不断的落石，使我们无法通过沿着大霸基部前进的小路，只有在早上，冰雪未被晒融之前才能过去。

这天下午，我在中霸顶上盘桓拍照，两个精力过剩的山地青

这是台湾少数几处仅存的原始雾林,大树参天,静谧幽森,故有台湾黑森林之称。能从"林务局"锯斧下留下这片原始森林,陈溪洲"处长"尽了很大的力量。

松软又深的雪，使人前进困难。

艰辛地一步步迈向岭线。

渺无人迹的雪径，长鬃山羊留下它的足迹。

年，竟然在这海拔三千四百米的雪岭上打起以雪捏制的雪棒球。他们是台湾最棒的猎人后裔，如今因为山林的破坏以及过度与不当的狩猎，他们无法再过打猎的生活，只能在这高山挥打雪棒球替代他们体内的打猎冲动……

我的拍照工作就在他们的笑声及惊叫声中进行。有一阵子声音突然静默下来，我回过头去看，他们已生起了火，煮雪泡茶，不久送给我一碗热腾腾的茶来。

日落后，山谷涌起了云雾，不久形成了云海。我们踩着元宵夜的满月银光回到营地，雪地映着月光有如白昼，雪林里回荡着布农族人雄壮悦耳的歌声。

二月七日清晨，我们在冰雪未苏醒前越过了大霸，从大、小霸相连的脊岭朝东下降，越过为冰雪覆盖的大安溪最上游的溪谷，再攀上由品田山迤逦下来的弧形岭脊。

由于岭线上的积雪太厚，雪面又已结冰，根本无法前进，只好斜向山谷里切去。在厚雪的冷杉林中摸索着，一寸一寸地挺进。中午时分终于抵达了从品田山泻下的山涧。这里的瀑布现在冻成了美丽的冰瀑，也是淡水河的另一源头。

山涧下方另一冰瀑处的冰雪，在中午的艳阳下开始溶解流动，成了涓涓细流。不过日落之后，它们又要被冻成剔透的冰瀑。

这条山涧向下斜去，并收集着品田山东北向的弧形山谷的雨雪，然后在东霸连峰最东边的山峰下，与从大霸、东霸、中霸汇来的另一水源相接，形成了塔克金溪的上游，也就是淡水河最高最远的一段河源地区。

事实上，大霸尖山、品田山、桃山、雪山区所形成的所谓圣棱线正是台湾中北部几条主要河川的发源地。大汉溪（淡水河的主流)、大安溪、大甲溪、兰阳溪都源出这里,它们滋润了半个台湾岛。

回到大霸东面,太阳已偏西,但大霸的落石以及从岩壁断落的冰柱阻去了归路。我们在冷杉林里静静等待寒风来袭,好冻住融雪,胶住松岩。

冰柱在强烈的晚风中折断,落在岩石上发出铿锵如玻璃杯破碎之声,在峡谷中回荡不已,于林中听来,有若天籁。那该是天地间为落日而敲的暮鼓吧!

大霸的落石停止后,我们迅速地通过大霸基部为冰雪所埋的小路。当我们抵达鞍部略事休息时,放在我身后的相机背包,竟被大风吹落山谷,滚落入一百多米下的雪林中。

在这里,布农山地青年发挥了他们高山活动的本事,以"之"字形降下厚雪及腹的斜坡,安然地寻回了背包以及其中的相机。

这晚深夜突然起雾。二月八日早上,我发现迎风的地方结了奇特的雾凇。

踏上归途时,天空飘下了细雪,好像面粉似的。转入伊泽山前的冷杉林时,雪变大了,雪花在山谷里纷飞,从大安溪涌上的浓雾好像轻纱拉起,把整个雪霸慢慢地掩住,正在谢幕的时候。再会了,冰封的高山,我们的水源,此后我将会以严肃以及感恩的心,喝下这些来自神圣高山的饮水……

两个精力过剩的山地青年,在海拔三千四百米的雪岭上,以雪捏成球,玩起棒球来。

大霸尖山以及小霸尖山,后方的是雪山、穆特勒布山。这里是登山界著名的圣棱线,也是兰阳溪、大汉溪、大安溪以及大甲溪的发源地。

元宵夜的满月东升,大地别有一番诗情画意。

远处的雪涧由品田山的雪汇聚所成，正是淡水河的第一河源。近处的雪涧由大霸尖山汇聚而成，是淡水河的第二河源。

我在雪地留下的唯一照片。

在河源所冻结的冰瀑。

协助我完成探勘的山地青年。

花谢花又开,春去春复来。
岁月尽管流逝,大自然精彩的故事
总是依着四时轮替上场。
只是目击的眼睛、聆听的耳朵
少得令人叹息颓丧。
每次我从大自然深处赋归,总是带回
满满来自大自然的启示与喜悦。
它使我学到感恩,
习得一些谦卑。